생태주의 성장소설

붉은배
새매의 계절

붉은배
새매의 계절

초판 1쇄 인쇄 · 2023년 8월 1일
초판 1쇄 발행 · 2023년 8월 4일

지은이 · 김옥성
펴낸이 · 한봉숙
펴낸곳 · 푸른사상사

주간 · 맹문재 | 편집 · 지순이 | 교정 · 김수란, 노현정 | 마케팅 · 한정규
등록 · 1999년 7월 8일 제2-2876호
주소 · 경기도 파주시 회동길 337-16 푸른사상사
대표전화 · 031) 955-9111(2) | 팩스 · 031) 955-9114
이메일 · prun21c@hanmail.net
홈페이지 · http://www.prun21c.com

ISBN 979-11-308-2079-8   03810
값 17,000원

49
푸른사상
소설선

생태주의 성장소설

붉은배 새매의 계절

김 옥 성
장편소설

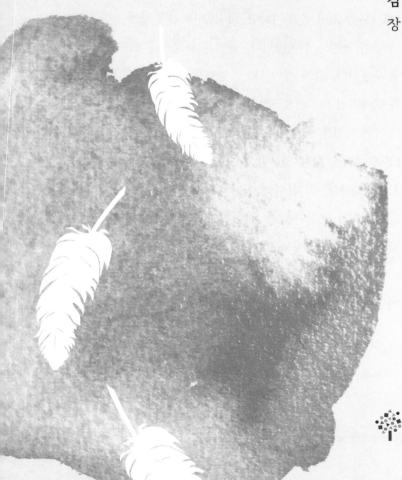

푸른사상
PRUNSASANG

수진이와의 영원한 우정과 연대를 소망하며

어쩌면 첫사랑 이야기이다.

그때로부터 40여 년이 지났다. 하지만 내 심장 안에는 산골짜기 조류 소년이 아직도 뛰어다닌다. 나에게는 숲속을 탐험하는 일이 언제나 우선이다. 그에 비한다면 올림픽도, 프로야구와 월드컵도, 영화와 텔레비전 드라마도 모두 시시하다. 자연과 하나가 되어 뛰어놀던 어린 시절은 나의 에덴이다.

자연과 문학을 함께 공부할 수 있는 분야가 생태문학이었으므로, 나는 오랜 시간 그 분야에 진지하게 관심을 기울여왔다. 내가 생태문학에 대한 관심의 끈을 놓지 않고 끈질기게 붙들 수 있었던 가장 강력한 원동력이 바로 수진이의 기억이다.

그 기억은 나의 마음속 깊은 곳에 자리 잡고 있으면서 언제나 내가 자연의 일부이며 형제라는 사실을 잊지 않게 해주었다.

내가 꾸었던 조류학자의 꿈은 문학적인 환상이었을 수도 있다는 생각을 하곤 한다. 나는 문학적인 방식으로 그 꿈을 조금씩 성취해왔는지도 모른다.

마침내 최초의 모험에 매듭을 짓는다.
이제 또 다른 계절을 향해 매처럼 날개를 펼쳐야겠다.

새와 자연과 동심을 사랑하는 독자들에게 나의 이야기를 선물하고 싶다.
내년이면 4학년이 되는 딸 시호(詩浩)에게 이 책이 어떤 기념이 된다면 기쁘겠다.

2023년 5월 18일
죽전의 숲속학교에서 김옥성

차례

새를 쫓아다니던 소년

4학년

4학년

아주아주 어렸을 때 나는 새들의 말을 알아들을 수 있었다. 물론 새소리를 사람의 말과 똑같이 알아들을 수 있었던 것은 아니다. 느낌이라고나 할까. 그래! 새들이 지저귀는 소리를 듣기만 하면 느낌이 따악 왔다.

어미 제비가 먹이를 물어 오면 처마 밑에서 어김없이 새끼 제비들이 '배고파 배고파 밥 줘 밥 줘'라고 재잘거렸다. 저물녘에 '아이 추워! 어서 따뜻한 방에 누워야지!'라고 말하는 박새를 따라가면 틀림없이 둥지가 있었다. 때까치가 '어휴, 저 악당 또 나타났네!' 하고 말하는 곳을 보면 거짓말처럼 길고양이가 몸을 숨기고 있었다. 어른들에게는 아무 일도 없는 조용한 날들일지라도 내게는 온갖 새들의 잡다한 말소리가 끊임없이 들려오는 특별한 나날이었던 것이다.

새들의 이야기를 귀 기울여 듣다 보니 언제부턴가 나도 그들에게 말을 건넬 수 있었다. 입술을 오므려서 휘파람으로 새들과 똑같은 소리를 만들어냈던 것이다. 대청마루에 엎드려 숙제하다가도 새들의 말소리가 들려오면 그들의 대화에 불쑥 끼어들곤 했다. 붉은머리오목눈이들이 배고프다고 종알거릴 때 그들이 지저귀는 소리를 흉내 내어 '얘들아! 여기 맛있는 먹이가 아주 많구나!'라는 의미의 휘파람을 불면 붉은머리오목눈이 떼가 새까맣게 몰려들었다.

정말로 나는 새들이 지저귀는 소리가 무슨 뜻인지 느낌으로 다 알아들을 수 있었고, 휘파람으로 그들에게 말을 건넬 수도 있었다.

그 시절 나는 〈닐스의 모험〉이라는 만화영화에 나오는 닐스처럼 거위나 기러기를 타고 여행을 떠나고 싶었다. 하지만 현실적으로 내가 닐스처럼 작아지는 것은 불가능했다. 그래서 새들의 발에다가 줄을 묶어 커다란 바구니를 매달아놓고 그 바구니를 타고 날아가기로 결심했다. 바구니 안에다가는 내가 좋아하는 쫄쫄이와 쫀드기, 눈깔사탕과 캐러멜을 잔뜩 싣고, 아주 배가 고플 때를 대비해서 건빵도 실어놓을 생각이었다.

그때까지 세뱃돈이며 각종 용돈을 아껴 모은 내 전 재산을 마침내 비밀 창고에서 꺼내 그 모든 것을 실행할 계획이었다.

새들이 바구니를 발에 달고 날아가는 동안, 나는 둥지처럼 아늑한 바구니 안에서 과자를 실컷 먹고 뒹굴며, 온갖 동물들이 우글거리는 열대의 우림, 양 떼가 한가로이 풀을 뜯는 초원, 모래 폭풍이 휘몰아치는 사막, 북극곰이 어슬렁거리는 극지방을 내려다보고 싶었다. 구름을 만져보고 싶었고, 구름 위에 살짝 발을 내디뎌보고 싶었으며, 밤이 되면 별을 만져보고 싶었고, 조각달에 걸터앉아보고도 싶었다. 그 모든 것을 할 수 있다면 지금껏 내가 모아온 전 재산 정도는 조금도 아깝지 않았다. 새만 잘 길들이면 진짜 가능할 것만 같았다.

그 시절 내 인생의 목표는 그렇게 새를 타고 세계를 일주하는 것이었다. 그것은 비행기를 타는 것 따위와는 비교할 수도 없는 일이었다. 얼굴을 할퀴고 지나갈 갈마바람의 날카로운 지느러미, 바람 속에 섞여 있다가 내 뺨에 부딪힐 자잘한 황사 알갱이들, 머리카락이며 옷에 달라붙게 될 안개 속의 자디잔 물방울, 열대림에서 불어오는 축축한 수풀 냄새, 바다 위를 지나갈 때의 물비린내, 목장 위를 낮게 날아갈 때 풍겨 올 고슬고슬한 마른 쇠똥 냄새 따위는 비행기 안에서는 결코 느낄 수 없을 것들이기 때문이었다. 안전한 유리창 안에 숨어서 세상을 내다보는 비행기 여행이 금붕어가 어항에 담긴 채 옮겨지는 것이라면, 내가 계획 중인 여행은 새끼 연어가 바다로 나가는 것과 같은 진짜 모험이었다.

새만 준비된다면 그 모험은 성공한 것이나 다름없었다. 내가 명령하는 대로 바구니를 들고 날아갈 새들만 확보된다면 말이다. 나는 새를 붙잡아 길들이기 위해서 틈만 나면 산으로 들로 쏘다녔다. 나는 족제비보다 날렵하게 나무 사이를 달릴 수 있었고, 다람쥐보다 날쌔게 나무를 타고 다녔다. 심지어는 청설모처럼 이 나무에서 저 나무로 건너뛸 수도 있었고, 회초리만큼 가느다란 나뭇가지 위를 걸어 다니기도 했다. 게다가 새의 말까지 알아들을 수도 있었으니 마음만 먹으면 얼마든지 새를 붙잡을 수 있었다.

동네 앞 교회의 첨탑보다도 훨씬 높은 느릅나무를 타고 올라가 때까치 둥지에서 새끼 한 마리를 데려온 적도 있었고, 시누대 숲의 붉은머리오목눈이 둥지에서 뻐꾸기 새끼를 몰래 꺼내 온 적도 있었고, 어린 꿩을 한나절 동안이나 추격한 끝에 붙잡은 적도 있었다. 굴뚝새, 동박새, 촉새, 휘파람새, 곤줄박이, 노랑턱멧새, 할미새, 직박구리, 호랑지빠귀, 찌르레기, 후투티, 물총새, 호반새, 꼬마물떼새, 홍머리오리, 흰뺨검둥오리 등등 세상의 모든 새를 잡을 수 있을 것만 같았다.

하지만 붙잡는 것보다 중요한 것은 기르고 길들이는 일이었다. 어린 새를 데려다가 먹이를 먹여보기도 했고, 어미 새를 붙잡아다가 길러보려고도 했지만 모두 허사였다. 새끼 새들은 하루 종일 어미를 찾아 짹짹 울어대기만 했고, 어미 새들은 먹이를 거부하고 달아날 생각만 했던 것이다. 새끼 새들은 다시 둥지에 돌려놓고, 어미 새들은 풀어주는 수밖에 없었다.

나는 야생의 새를 길들이는 일은 불가능하다는 것을 차츰 깨닫기 시작했고, 비로소 새들이 운반하는 바구니 여행은 터무니없는 계획이라는 것을 알게 되었다. 그리고 시간이 지나면서 그런 계획 따위는 까맣게 잊어버렸다. 사람의 언어 체계에 익숙해지면서부터는 더 이상 새의 말도 제대로 알아들을 수 없게 되어버렸다. 하지만 산과 들을 뛰어다니며 새를 구경하는 일이나, 이끼와 거미줄과 산짐승의 털 따위로 아기자기하게 꾸며진 새의 둥지 안을 엿보는 것은 여전히 가장 즐거운 일이었다.

그러면서 나는 초등학교* 4학년이 되었다. 4학년이 되는 것은 1학년이었다가 2학년이 되는 것이나, 2학년이었다가 3학년이 되는 것하고는 차원이 다른 것이었다. 선생님들과 아이들 모두 1학년부터 3학년까지는 하급생으로, 4학년부터는 상급생으로 분류했기 때문이다. 나는 비로소 상급생이 되었다. 이제부터는 간식 따위가 아니라 진짜 도시락을 싸 가지고 학교에 갈 수도, 금요일 오후가 되면 특별 활동이라는 것을 할 수도 있게 됐

---

* 내가 다닐 때는 '초등학교'가 아니라 '국민학교'였다. '국민학교'는 1996년 3월 1일부로 '초등학교'로 명칭이 변경되었다.

다. 어른이 다 된 기분이었다. 닐스의 모험 따위를 꿈꿀 나이는 한참 지났다. 나는 좀 더 고급스러운 꿈을 가질 때가 되었다고 생각했다.

"넌 새를 좋아하니까 조류학자가 좋겠어!"

어느 깊은 겨울밤, 고등학생이 되어 얼마 후 집을 떠나야 하는 형이 내게 해준 조언이었다. 꿈을 의논했던 나에게 형은 조류학자의 꿈을 심어주었다.

조류학자! 그게 바로 내 꿈이었다.

조류는 새라는 뜻이며, 학자는 과학자라는 뜻이라고 형이 자세히 가르쳐줬다. '새를 연구하는 과학자'라고도 할 수 있다고 형이 말했다. 하지만 나는 '새를 연구하는 과학자'라는 말보다는 '조류학자'라는 말이 훨씬 더 좋았다. 조류라는 단어도, 학자라는 단어도 아주 고상한 느낌을 줬다. 자신의 꿈을 잊지 않고 지속적으로 마음속으로 중얼거리면 언젠가는 그 꿈이 이루어진다고 형이 말해줬기에, 나는 이따금 속으로 '조류학자! 조류학자!' 하고 되뇌어보곤 했는데 발음도 너무 마음에 들었다.

조류학자! 얼마나 근사한가!

나는 그 꿈을 그 후로도 아주아주 오랫동안 가슴에 품고 다녔다.

그해 형은 시내에 있는 고등학교에 들어가고, 누나는 군청 소재지에 있는 중학교에 입학했다. 지금은 승용차로 30분이나

40분밖에 걸리지 않지만, 그 시절에는 한 번 시내에 나가려면 굉장히 오랫동안 기차를 타야만 했다. 시내로 갈 때 우리가 타는 기차는 비둘기호였다. 비둘기호 열차는 모든 간이역마다 멈췄고, 혹시 통일호나 무궁화호, 새마을호 같은 기차가 멀리서 오기라도 하면 그것들이 다 지나갈 때까지 그대로 서서 기다려야 했으므로 아주 느렸다. 실제로는 얼마나 걸렸는지 모르지만 그때 시내는 내게 가장 먼 곳이었다.

형은 시내에서 하숙했으며 한 학기에 겨우 한두 번 집에 왔다. 지난해까지만 해도 이웃 마을에 있는 초등학교까지 같이 걸어서 다녔던 누나는 이제 군내버스를 타고 중학교에 다녔다. 내게 많은 것을 가르쳐줬던 형은 멀리 떠나버렸고, 함께 놀아주고 돌봐주던 누나는 이제 노골적으로 나를 무시하기 시작했다.

누나는 학교에 갈 때면 자기 방문에 자물쇠를 채웠으며 창문까지 걸어 잠갔다. 학교에서 돌아와서는 비슷한 나이의 동네 누나들하고만 어울려 놀았으며 집에 들어와서도 자기 방문을 걸어 잠그고 혼자 있기를 좋아했다. 간혹 내가 장난을 걸라 치면 누나는 버럭 화를 냈다. 마치 내가 눈에 띄는 것도 싫다는 투로 나를 볼 때마다 짜증을 내거나 잔소리를 해대곤 했다. 그동안 내가 누나를 골탕 먹여온 것에 대한 복수가 비로소 시작된 것만 같았다. 누나가 다음 날 당장 학교에 가지고 가야만 하는 그림 숙제에다 낙서해서 망쳐놓는다거나, 누나가 아끼는 동화책을 찢어 딱지를 접어버리는 짓 따위의 사고를 곧잘 쳤고, 눈이 펑펑 쏟아지는 날은 눈덩이를 뭉쳐서 누나의 뒤통수를 맞추기도 했으니 누나가 짜증을 좀 내고 잔소리를 좀 한다고 해서 내가 억울해할 처지는 아니었다.

나는 당해도 마땅한 녀석이었다.

그 모든 게 한순간 일어났다.

새들과의 대화가 불가능해져버렸고, 꿈은 닐스의 모험에서 조류학자로 바뀌었다. 형과 누나는 한꺼번에 나에게서 떠나버렸다.

이런 일들은 모두 나에게 이제 너도 독립해야 한다고 말하는 계시와도 같았고, 그 계시가 가리키는 새로운 길을 떠나는 대가로 내게는 자전거가 주어졌다.

내가 독립하는 데 가장 큰 도움을 준 것은 단연 그 자전거였다. 형이 타던 자전거는 자연스럽게 내 것이 되었고, 나는 피나는 노력 끝에 자전거 타는 법을 익혔다. 나와 같은 학년에서 성인용과 비슷하게 생긴 검은색 두발자전거를 가진 아이는 없었고, 그런 자전거를 제대로 탈 수 있는 아이 또한 찾아보기 어려웠다. 자전거를 탈 수 있게 되면서 나는 가고 싶은 곳은 어디든 갈 수 있었고, 이동 시간이 엄청나게 단축되어서 많은 일을 신속하게 해결할 수도 있었다.

특히 그 시절 우리 집안의 온갖 자질구레한 심부름들은 모두 내 차지였는데, 그중에서 가장 짜증 나는 심부름은 미원이나 간장을 사러 구멍가게에 가는 일이었다. 구멍가게는 우리 동네에서 11킬로미터나 떨어진 기차역 앞에 있었다. 거기까지 가려면 자잘한 동네들을 무려 다섯 개나 지나쳐 가야 했다. 동네마다 내 친구들이 한두 명씩은 살고 있기 마련이었다. 심부름 가는 도중에 친구들을 만나기가 일쑤였는데, 그 아이들은 대개 물고기를 잡고 있거나, 삼팔선 넘기, 팔방놀이, 삼국지, 자치기, 말뚝박기, 땅따먹기, 고누, 얼음지치기 따위의 놀이를 하고 있었다. 나는 매번 그런 놀이의 달콤한 유혹에 걸려들기 십상이었다. 잠깐만 놀다 가려던 것이 그만 해가 저물어버리곤 했던 것이다. 그런 일이 생긴 날부터 며칠 동안은 엄마의 잔소리를 귀가 따갑도록 들어야만 했다.

자전거가 생긴 뒤로는 그런 일이 일어날 수가 없었다. 사이클 선수처럼 허리를 웅크리고 정면을 응시하면서 쌩쌩 달리다 보면 노는 아이들이 눈에 들어오지도 않았다. 워낙 빠른 속도로 달렸으므로 11킬로미터를 왕복하는 데 20분도 채 걸리지 않았다. 내가 마치 바람을 가르고 날아가는 새처럼 휙 지나가면 아직까지 어린애들이나 하는 놀이를 하고 놀던 친구들은 입을 딱 벌리고 바라보곤 했다.

자전거가 없을 때는 심부름을 한 번 다녀오면 한나절이 다 지나가버렸지만, 자전거가 생긴 뒤로는 자진해서 심부름을 다녀왔고, 금세 심부름을 다녀와서 다른 동네 친구들에게 놀러 갈 수도 있었다. 어떤 날은 옆 동네 친구를 만나 딱지치기해서 딱지를 몽땅 따고 나서 그 옆 동네로 이동을 해서 거기 친구들 딱지도 싹쓸이하고 그 옆 동네까지 원정 가기도 했다. 그 모든 것이 자전거 덕분에 가능한 일이었다. 물론 운이 나쁜 날은 첫 번째 동네에서 다 잃어버리기도 했지만 말이다.

형은 자전거와 함께 염소 떼도 물려줬다. 자전거가 나의 권리였다면, 염소 떼는 의무였다.

"자, 이제부터는 네가 책임져야 해!"

결연한 눈빛으로 형은 여왕 염소의 고삐를 내 손에 쥐여줬다. 심장이 몹시도 두근거렸다. 나는 일곱 마리 염소의 책임자가 된 것이다.

우리 집 염소들은 착해서 말을 잘 들었다. 어쩌면 형이 잘 보살펴줘서 길이 잘 든 것인지도 모른다.

염소 무리 중에서 가장 나이가 많고 몸집도 제일 크고 뚱뚱한 암염소를 여왕 염소라 불렀다. 우리 집 염소들은 모두 여왕 염소의 자식이거나 손주, 증손주, 고손주, 고고손주, 고고고손주뻘이었다. 염소의 수가 너무 많아지면 데리고 다니기 힘들기 때문에 일정한 수를 유지하기 위해 염소들을 종종 내다 팔았지만 여왕 염소만은 그대로 뒀다. 그 염소는 엄마가 시집오기 전부터 있었다고 하니 늙을 대로 늙었을 테지만 여전히 무리를 잘 이끌고 새끼도 잘 낳았다. 모든 염소가 터줏대감인 여왕 염소를 잘 따라서 여왕 염소의 고삐만 끌면 다른 염소들은 스스로 졸래졸래 따라왔다. 여왕 염소의 고삐만 매어두면 다른 놈들은 멀리 달아나지 않고 근처에서 풀을 뜯어 먹고 놀았다.

그때까지 염소는 전적으로 형 책임이었다. 형은 염소를 몰고 앞산, 뒷산, 옆 산은 물론 개울가나 산 너머 목초지까지 안 가본 곳이 없었다. 형은 염소들을 풀어놓고 책을 읽거나 숙제를 했고, 시험공부를 했다. 학교에 가는 시간이나 비나 눈이 와서 밖에 못 나가는 때를 빼고 형은 거의 언제나 염소와 함께 있었다. 염소가 새끼를 낳아서 손이 필요할 때는 외양간에서 자기도 했다. 형은 어른들이 쓰다가 버린 그물을 주워다가 외양간 천장에 매달아 그물침대를 만들어놓고 그 위에 누워 잠을 청하곤 했던 것이다. 형이 염소들과 밤을 보내는 날이면 밤새도록 두런두런 이야기하는 소리가 외양간에서 새어 나왔다. 내가 새들과 이야기를 했던 것처럼 형도 염소들과 이야기를 나눌 수 있었음이 틀림없다.

내 생각에 형은 염소 인간이나 다름없었다.

기차역에서 헤어지는 마지막 순간에도 형은 염소에 대한 당부를 잊지 않았다.

"염소 잘 키워야 한다!"

형이 내 머리를 쓰다듬으면서 말했다.

"집 생각은 다 잊거라. 여름방학 때까지는 돌아올 생각도 하지 말거라. 마음이 약해서는 출세 못 한다."

아버지는 마치 자식을 먼 이국땅으로 떠나보내는 듯이 비장한 목소리로 형에게 당부했다. 그러고 나서 형은 개찰구 안쪽으로 사라졌다.

그렇게 나는 4학년이 되었다.

사람의 말을
알아듣는 꾀꼬리

사람의 말을 알아듣는 꾀꼬리

그러나 형은 5월 8일 어버이날을 앞둔 화창한 일요일 카네이션을 사 들고 집에 돌아왔다. 아버지 말씀을 어긴 것이다. 하지만 아무도 형을 탓하지 않았다. 엄마는 너무나 반가운 나머지 눈물을 흘렸고, 누나는 재빠르게 형의 책가방을 받아줬으며, 나는 좋아서 폴짝폴짝 뛰었다. 아무런 반응도 보이지 않았지만, 내 느낌엔 아버지도 몹시 기뻐하는 것 같았다.

그날 밤 나는 형과 같은 방에서 잤다.

형은 갱골 계곡에서 있었던 일들을 자랑스럽게 들려주었다. 거기에는 아름드리 물앵두나무가 많아 몇 날 며칠 동안이나 따먹어도 없어지지 않는다고 했다. 형은 물앵두를 따먹다가 염소를 잃어버리고 찾아 헤맨 이야기이며, 머리가 좋아 사람의 말을 알아듣는 꾀꼬리와 싸운 이야기 등을 재미나게 해주었다. 그중에서도 가장 놀라운 것은 꾀꼬리 이야기였다.

"5월 중순이 되면 갱골에 가봐. 굴참나무 숲이 보일 거야. 거기 꾀꼬리들은 사람 말을 알아들어. 거기 가서 큰 소리로 욕을 해봐. 그럼 꾀꼬리들이 성질을 낼 거야. 꼭 5월 중순이 지나야만 해. 알았지!"

사람 말을 알아듣는 꾀꼬리라니! 꾀꼬리가 사람 말을 알아듣다니! 도저히 믿을 수 없었다. 내가 새의 말을 알아들었듯이 그 녀석도 사람의 말을 알아듣는단 말인가! 그게 사실이냐고 몇 번씩이나 형에게 물어보았다. 형은 정말이라고, 거짓이면 서랍에 잠가둔 자신의 보물들*을 나에게 모두 꺼내 주겠노라고 했다.

형이 꾀꼬리에게 '야! 이 바보 멍텅구리 꾀꼬리야!'라고 크게 외쳤더니 성질을 내며 달려들더라는 것이다. 당장 보고 싶은데 5월 중순까지 어떻게 기다린단 말인가! 왜 꼭 5월 중순이냐고 물었지만, 형은 그때 가보면 알게 된다고 말하며 능청스럽게 웃었다.

---

* 이를테면, 형이 국사봉 너머에서 주워 왔다는 커다란 자수정 덩어리, 아버지가 형의 고등학교 입학 선물로 사준 금테가 둘린 만년필, 둘째 삼촌이 중학교 입학 선물로 사준 나침반, 초등학교 다닐 때 옆 동네 친구에게 땄다는 대왕구슬, 과학 선생님이 줬다는 말굽자석 따위였다.

'사람 말을 알아듣는 꾀꼬리! 사람 말을 알아듣는 꾀꼬리!' 마음속으로 수십 번 아니 수백 번이나 중얼거리다가 잠이 들었다. 꿈속에서는 말을 하는 꾀꼬리들이 날아다녔다. 다음 날 아침 내가 일어났을 때 형은 이미 없었다. 새벽밥을 먹고 첫차를 타고 떠났다고 했다.

5월에는 운동회며 소풍이며 여러 가지 일들이 많았다. 운동회를 치르고 소풍을 갔다 오면서 꾀꼬리 이야기도 까맣게 잊고 있었다. 5월 하순 어느 날 학교 앞의 커다란 물앵두나무에 아이들이 다닥다닥 붙어 있는 것을 보니 문득 형의 말이 떠올랐다. 나는 집에도 들르지 않고 페달을 빠르게 밟아 작은 농로를 따라 자전거를 몰고 갱골까지 갔다.

저 멀리서부터 물앵두나무가 보였다. 세 그루였는데, 빨갛게 익어 물이 잔뜩 오른 앵두가 주렁주렁 열려 있었다.

계곡 위쪽으로 굴참나무 숲이 정말로 보였다. 굴참나무 숲으로 달려가서 소리쳤다.

"야! 이 바보 멍텅구리 꾀꼬리야!"

앗! 굴참나무 우듬지에 앉아 있던 꾀꼬리가 깩깩 날카롭고 괴상한 소리를 지르며 나를 향해 돌진했다. 그 속도로 그대로 날아온다면 내 이마에 부리가 꽂힐 것이다. 악! 꾀꼬리가 4미터쯤 내 앞으로 다가왔을 때 나도 모르게 고개를 휙 돌렸다. 녀석이 스쳐 지나가면서 일으킨 바람이 뺨을 쳤다. 녀석은 벌써 하늘로 치솟아 올라 깩깩 소리를 질러대고 있었다.

순식간에 일어난 일들이었다. 다리가 후들후들 떨려 한참 동안 꼼짝도 못 하고 있었다. 녀석은 아직도 분이 덜 풀렸는지 굴참나무 꼭대기에서 요란한 소리를 내며 펄쩍펄쩍 뛰고 있었다.

나는 숨을 한 번 가다듬은 다음 다시 외쳤다.

"야! 바보 멍텅구리 꾀꼬리야!"

만약 이번에도 가까이 다가오면 손으로 붙잡아버릴 셈이었다. 꾀꼬리가 나뭇가지에서 뛰어내렸다. 녀석은 위협적으로 생긴 부리를 앞세우고 빠르게 진격해왔다. 꾀꼬리를 한 번이라도 가까이에서 자세히 본 적 있는 사람이라면 잘 알 것이다. 막 쥐를 잡아먹어서 피칠갑을 한 것처럼 새빨갛고 커다란 부리! 그것은 진짜 공포 그 자체였다.

절대 고개를 돌려선 안 돼! 마음속으로 다짐하면서 녀석을 노려봤다. 하지만 녀석이 3미터까지 접근하기도 전에 나는 손을 내저으면서 또 고개를 돌려버리고 말았다. 녀석은 다시 나무 위에서 발을 구르며 깩깩거렸다.

세 번째는 고개를 돌리지 않고 녀석을 똑바로 쏘아보았다. 눈앞 2미터까지 접근했다가는 하늘로 치솟아 올랐다. 녀석은 나를 두려워하는 게 틀림없었다. 몇 번씩이나 녀석을 놀렸지만 2미터 정도가 가장 가깝게 접근하는 것이었다. 그런데 나는 한 가지 의문이 생겼다. 정말로 꾀꼬리가 사람의 말을 알아들을까 하는 것이었다.

나는 조류학자를 꿈꾸었으므로 실험해볼 필요가 있었다.

"야! 이 착하고 귀여운 꾀꼬리야!"

욕을 할 때와 똑같은 억양으로 소리쳤다. 녀석은 이번에도 공격해왔다. 녀석이 사람 말을 알아듣는 것은 아니었다. 큰 소리를 내면 무조건 공격하는 것이었다. 아무튼 녀석을 골려먹는 일은 무척 재미났다. 그날 나는 몇 번씩이나 꾀꼬리를 놀리며 재미나게 놀았다.

그렇다면 도대체 왜 꾀꼬리가 공격한 것일까.

그날 밤 잠자리에 들어서 곰곰이 생각해보았다. 사람의 말을 알아듣는다는 형의 말은 내 예상대로 사실이 아니었다. 다른 데서는 꾀꼬리가 사람을 공격하는 일이 없는데 왜 그 굴참나무 숲에서는 공격하는 것일까. 뭔가 비밀이 있지 않을까. 뭔가를 지키려고 그런 것은 아닐까. 그렇다면 무엇을 지키려고 했을까. 자기의 영토를 수호하려는 행동이었을까. 그렇다면 둥지가 있을까. 맞아, 형이 5월 중순이라고 한 것도 꾀꼬리가 둥지 트는 시기라서 그런 걸 거야. 그게 아니더라도 녀석이 뭔가를 지켜내려고 한 게 틀림없어!

내 예상은 적중했다. 다음 날 꾀꼬리 둥지를 찾아내고야 말았다. 전날 둥지를 보지 못한 데에는 그럴 만한 이유가 있었다. 꾀꼬리의 둥지는 터무니없이 작았다! 마치 제비집이나 아니면 오목눈이 둥지처럼 말이다! 꾀꼬리는 자기 덩치의 3분의 1이나 4분의 1밖에 되지 않은 작은 새들의 둥지만큼 조그마한 둥지를 20미터 정도 높이에 있는 가느다란 가지 끝에 대롱대롱 매달아 놓고 있었다. 게다가 나뭇잎에 가려 잘 보이지도 않았다. 그러니 둥지가 쉽게 눈에 띄지 않았던 것이다.

둥지는 조용했다. 아직 새끼가 깨어나지 않았거나 깨어났더라도 얼마 지나지 않은 모양이었다. 나무를 자세히 훑어보았다. 나뭇가지는 모두 스물여덟 개였다. 둥지가 놓여 있는 가지는 아래에서 열세 번째였다. 나는 조류학자가 될 터이므로 둥지 안을 내 눈으로 관찰해야만 했다. 나무를 타고 올라갈 계획이었다. 하지만 쉽지는 않을 것 같았다. 첫 번째 가지는 땅바닥에서 5미터 높이에 있었다. 그러니까 5미터까지는 붙잡고 올라갈 물체가 없는 것이나 다름없었다. 나무 기둥은 너무 두꺼워 팔로 껴안을 수도 없었다. 그렇다면 거기까지는 쩍쩍 갈라진 나무껍질 사이에 손가락을 끼워 넣어서 껍질을 붙잡고 올라가는 수밖에는 없었다. 첫 번째 나뭇가지까지 그런 식으로 올라가고 나서도 가지와 가지가 너무 멀리 떨어져 있는 곳에서는 계속 그런 식으로 이동해야만 할 것이었다.

그러다가 만일 껍질이 떨어지기라도 한다면 자칫 떨어져 죽을 수도 있는 위험한 일이었다. 설령 그렇게 열악한 상황을 극복하고 20미터나 되는 나무를 기어 올라간다 해도 문제가 남아 있었다. 그렇게 높은 곳의 가느다란 가지 끝에 매달린 둥지까지 어떻게 무슨 수로 이동한단 말인가! 불가능한 일이었다. 무수히 많은 새들의 둥지를 들여다봤지만 이번 꾀꼬리 둥지는 진짜 최악이었다.

그러나 둥지 안에 있는 알이나 새끼를 만져보기를 포기하고 약간 떨어져 관찰하려고만 한다면 가능성은 남아 있었다. 가느다란 가지를 타고 둥지로 접근하지 않고 줄기를 타고 22미터나 23미터 정도까지 올라가서 둥지를 내려다보는 것이었다. 그것도 쉬운 일은 아니었지만 일단 시도해보기로 결심했다. 올라가다가 도저히 안 될 것 같으면 다시 내려올 계획이었다.

신발을 벗어두고 나무 밑동에 철썩 들러붙었다. 처음 5미터까지는 나무 기둥의 경사면을 따라 스파이더맨처럼 나무껍질을 붙들고 기어올랐다. 나무껍질이 내 몸무게를 지탱할 수 있을 만큼 나무의 내피에 단단하게 붙어 있는가를 확인하면서 두 손을 차례로 조금씩 신중하게 위쪽으로 이동시켜나갔고, 두 발끝도 차례로 나무껍질 틈에 끼워 넣으면서 아주 천천히 이동했다. 최대한 안전을 위해서 오른손, 오른발, 왼손, 왼발의 순서로 옮겼다. 왼손이 이동할 때면 오른손, 오른발, 왼발은 고정되어 있었기에, 그중 하나에 문제가 생겨도 두 개가 지탱하고 있었으므로 아주 위험한 상황은 면하리라 생각했다. 처음엔 나무늘보만큼이나 느리게 이동했지만 위로 올라갈수록 점점 속도가 붙었다. 게다가 붙잡고 밟을 수 있는 나뭇가지가 촘촘히 박힌 부분에서는 아주 손쉽고 빠르게 올라갈 수 있었다.

나무를 타고 올라가는 내내 꾀꼬리 부부는 가까운 가지 위에서 펄쩍펄쩍 뛰며 꽥꽥 쇳소리를 냈다. 쉭쉭 공기를 가르며 내 주위로 날아다니기도 했다. 하지만 나는 전혀 동요하지 않았다. 묵묵히 위만 쳐다보며 올라갔다. 기둥에서 둥지가 매달린 가지가 갈라지는 부분에 이르러서 땅바닥을 한 번 내려다봤더니 더럭 겁이 났다. 꾀꼬리의 공격은 더욱 드세졌다. 나는 천천히 둥지 위의 가지가 갈라지는 부분까지 올라갔다. 둥지를 내려다보았다. 둥지 입구가 좁고 밑이 깊어서 잘 들여다보이지 않았다. 더 자세히 들여다보고 싶었다. 머리쯤에 있는 가지를 손으로 붙잡고, 둥지 위의 가지를 발로 밟으면서 천천히 둥지 쪽으로 이동했다.

순간 우지끈하는 소리와 함께 눈앞이 아찔했다.

내가 붙잡은 가지 하나가 썩어 있었고, 그것이 부러진 것이었다. 나는 추락하기 시작했다. 땅바닥으로부터 열 번째 가지에 이마를 찧었고, 일곱 번째 가지에 갈비뼈를 부딪쳤다. 여섯 번째 가지에서는 팔이 걸려 찢어질 뻔했고, 네 번째 가지에 입술이 스쳐 찢어졌다. 세 번째 가지는 손바닥으로 거의 붙잡을 뻔했지만 미끄러져서 손바닥만 찢어졌다. 땅바닥으로부터 두 번째 가지에 허리가 걸렸다. 지상 23미터에서 그대로 땅바닥에 떨어졌더라면 아마 두개골이 박살나고 뼈마디가 산산이 부서졌을 것이다. 아니면 최소한 등뼈가 부러져 꼽추가 됐을 것이다. 어렸을 때 때까치 둥지를 털려고 감나무에 올라갔다가 떨어져 꼽추가 되었다는 어른이 실제로 옆 동네에 살았다.

나는 15미터 정도를 추락하다가 나뭇가지에 걸려 살아난 것이었다. 한참 동안 정신을 수습하지 못하고 나뭇가지에 걸려 빨래처럼 펄럭이고 있었다.

공교롭게도 사건은 그것으로 끝난 것이 아니었다. 나뭇가지에서 떨어지는 사이 상의의 위에서 세 번째와 네 번째 단추가 떨어져 나가버렸고, 왼쪽 겨드랑이와 오른쪽 옆구리 부분은 솔기가 터져버렸다. 바지도 너덜너덜하기는 마찬가지였다. 하지만 그런 것들은 아무것도 아니었다. 그날 내가 나뭇가지에 걸려 축 늘어진 채 바람이 부는 대로 하염없이 흔들리고 있을 때, 어디선가 커다란 개 한 마리가 천천히 걸어오더니 바로 내 아래에서 멈추어 섰다. 등이 거무스름하고 배가 누르스름한 게 셰퍼드 같았다. 개는 나무 밑동에 가지런히 벗어둔 내 신발에 코를 대고 킁킁거리며 냄새를 맡았다. 녀석은 갑자기 신발 한쪽을 입에 물었다.

가만두지 못해! 가만두지 못하겠어!

마음속으로는 그렇게 외치고 있었지만 목소리가 새어 나오지 않았다. 이윽고 개는 신발을 물고 오솔길을 유유히 걸어서 숲 속으로 사라졌다.

거기서! 거기 서지 못해!

나는 마음속으로만 부르짖고 있었다.

나는 눈뜨고 신발을 도둑맞은 것이었다.

그것은 옷이 찢어진 것과는 비교도 할 수 없는 일이었다. 그 신발은 불과 이틀 전에 새로 산 최신 유행의 운동화였다. 로보트 태권브이가 주먹을 불끈 쥐고 날고 있는 그림이 그려져 있는 최고 인기의 그 운동화를 잃어버리다니! 3학년 겨울방학이 시작하기 전부터 세 달 동안이나 엄마를 조르고 졸라 산 새 신발을 눈앞에서 도둑맞은 것이었다!

그날 나는 온몸이 걸레처럼 너덜너덜해지고 한쪽 발은 맨발인 채로 집으로 돌아오고 말았다. 그 후로 나는 한 달 동안이나, 달릴 때나 걸을 때는 물론, 의자에 앉아 있을 때, 잠자리에 누워 있을 때, 먹거나 마실 때, 심지어는 숨을 쉴 때조차도 근육과 뼈마디에 통증을 느꼈다. 한 달이 지나서는 예전과 같이 뛰고 달릴 수 있었지만 그때 생긴 흉터는 그로부터 사십 년 가까운 세월이 흐른 지금까지도 내 몸 구석구석에 남아 있다.

나는 지금도 꾀꼬리라면 치가 떨린다. 꾀꼬리 울음소리를 듣기만 해도, 아니 '꾀꼬리'라는 단어를 듣기만 해도, 심지어는 노란색만 보아도 온몸의 뼈마디가 쑤셔댄다. 마치 그날 지상에서 두 번째 가지에 매달려 빨래같이 펄럭일 때처럼 생생하게 뼈마디가 쑤신단 말이다. 그래서 나는 노래방에도 가지 않는다. 노래방에서 누군가 '꾀꼬리 같은 목소리야!'라고 말한다면 얼마나 고통스러울 것인가!

월남 용사

월남 용사

앞개울 건너에 있는 국사봉 기슭에는 넓은 과수원이 하나 있었다. 그 과수원 한 귀퉁이에는 온갖 잡동사니를 주워다가 만든 폐가 같은 집이 한 채 있었다. 집이라기보다는 움막에 가까운 초라한 가건물이었다. 그 집에는 군복에 군모, 군화까지 착용하고 큼직한 국방색 배낭과 엽총을 어깨에 메고 마치 완전무장을 한 군인 같은 차림으로 돌아다니는 아저씨 한 명이 살았다.

그는 아이들에게 두려움의 대상이었다. 어떤 형은 그가 아이를 잡아다가 나무에 거꾸로 매달아놓고 주전자로 콧구멍에 물을 쏟아붓는 장면을 목격했다고 했으며, 어떤 형은 아이를 머리통만 내놓고 구덩이에 파묻는 것도 보았다는 것이다.

그가 월남전에서 베트콩들에게 잡혀가 호되게 고문당하고

후유증으로 조현병에 걸렸다는 소문도 떠돌았다. 그가 원래는 명문대생이었는데 데모하다가 기관원에게 끌려가 물고문, 전기고문 따위의 갖은 고초를 당하고 나서 상태가 안 좋아진 것이라는 얘기도 들렸다. 아이들을 숲으로 끌고 가 자신이 당한 대로 고문하면서 화풀이하고 있다는 것이다. 그런가 하면 어떤 어른들은 그가 1980년 5월 진압군의 신분으로 광주에 투입되었는데, 대학생들 수십 명을 총으로 쏘아 죽이고 나서 실어증에 걸려버렸다고도 했다. 어쨌거나 동네 사람들은 그를 월남 용사라 불렀다.

그는 일년 내내 온 숲을 누비며 야생 염소를 뒤쫓았다.

야생 염소는 우리 동네의 전설이었다. 개울 건너의 국사봉에서는 이따금 염소 울음소리가 들려왔다. 잠이 잘 오지 않아 혼자 눈을 말똥말똥 굴리던 깊은 겨울밤에, 수박을 많이 먹고 자다가 오줌이 마려워 잠에서 깬 여름밤에, 사람들이 잠이 든 한밤중이면 어김없이 저 먼 숲에서 염소들의 가느다랗고 긴, 약간 애처롭게 느껴지는 울음소리가 들렸다.

육이오전쟁 때 마을에 내려온 빨치산에게 끌려가다가 달아난 염소 몇 마리가 산에서 번식하게 된 것이라고들 했다. 국사봉 깊은 골짜기에 수십 마리가 무리 지어 산다는 얘기도 있었다. 사람들은 모두 수십 마리나 되는 흑염소 떼가 눈앞에 보이는 듯이 말했지만 실제로 그 염소를 봤다는 사람은 아무도 없었다. 사냥

개와 몰이꾼을 거느린 사냥꾼들이 엽총을 들고 야생의 염소 떼를 찾아 나섰으나 매번 동글동글한 염소똥만 주워 왔다. 밤낮으로 간간이 들려오는 염소의 울음소리와 숲에 떨어져 있는 염소의 똥만이 염소 전설의 유일한 증거물이었다.

대부분의 사냥꾼들이 야생 염소 포획을 포기해버렸지만 월남 용사만은 끝까지 놈들을 찾아다녔다. 소문에 따르면 그는 야생 염소들을 생포할 계획이었다. 과수원 한쪽 구석에는 염소 수십 마리를 풀어놓고 기를 수 있을 만큼 넓은 우리도 이미 만들어놓고 있었다. 철책을 세워 만든 그 우리가 아이들에게는 일종의 수용소 같아 보였다. 그래서 어떤 형들은 월남 용사가 아이들을 잡아다가 거기에 가두려고 만든 감옥이라고 떠들어댔다.

월남 용사는 새벽부터 일어나 국사봉 기슭을 헤치고 다녔다. 도시락을 싸 가지고 다닌다는 말도 있었다. 국사봉을 넘어 노령 산맥 능선을 따라 다른 군이나 시, 심지어는 다른 도까지도 나갔다가 돌아온다는 소문도 돌았다. 나무가 크게 자라지 못하는 국사봉 중턱의 바위투성이 비탈을 지날 때면 군복을 입고 어깨에 총을 멘, 전투병 같은 그의 모습이 훤히 드러나 보였다. 이따금 수풀 사이로 뛰어다니는 모습이 얼핏 보이기도 했다.

우리 동네 사람들은 물론이고 국사봉 근처에 사는 사람이라면 누구나 열 번 이상은 숲을 누비는 월남 용사를 목격했다. 어떤 아이들은 그가 나무 위에 올라가 마치 저격수처럼 나뭇가지 뒤에 숨어서 무언가를 겨냥하는 장면을 본 적도 있다고 했다. 나는 그가 바위 비탈을 기어다니며 땅바닥에서 무언가를 주워 들고, 틀림없이 염소의 똥이겠지만, 유심히 살펴보던 모습을 수십 번도 넘게 목격했다. 하지만 한 번도 그를 가까이 지켜본 적은 없었다. 그에게 다가가는 것은 자살 행위나 다름없었기 때문이었다.

그런데 나는 월남 용사를 제 발로 찾아가고 말았다!

개가 물고 간 새 신발 때문이었다.

엄마는 새 신발을 사주지 않았다. 엄마는 내가 죽을 뻔했다가 살아 돌아온 사실도 몰랐다. 야단맞을까 봐 말을 하지 않았기 때문이었다. 예전처럼 고작 방죽 위의 잔디 비탈에서 미끄럼이나 타다가, 아니면 개울가의 모래밭에서 아이들이랑 씨름이나 하다가 너덜너덜해져서 돌아온 줄로만 알고 있었다.

화가 난 엄마는, 잃어버린 신발을 찾아내든지 아니면 예전에 신고 다니던 낡은 신발을 다시 신고 다니라고 했다. 멀쩡한 신발을 놔두고 새 신발을 사줬더니 사흘도 못 신고 잃어버렸다고 난리였다. 쳇! 그깟 신발 하나 가지고 말이다.

최신 유행 태권브이 신발을 신고 다니다가 다시 낡아빠진 신발을 신고 다닐 수는 없는 노릇이다. 애들에게 이미 자랑까지 해 버렸으니 말이다.

신발을 찾아야 한다! 그러려면 우선 개를 찾아야만 했다.

다음 날 다시 갱골을 찾아갔다. 그리고 그 개가 사라진 오솔길을 따라가 보았다. 드문드문 개똥이 떨어져 있었다. 틀림없이 녀석이 즐겨 다니는 길일 게다. 오솔길은 다행히 갈라지지도 않고 하나로 이어졌다. 구릉을 두 개나 넘었다.

맙소사! 월남 용사의 집이었다.

그 개도 보였다. 녀석은 줄에 묶여 있었다. 나는 주위를 둘러보았다. 월남 용사는 보이지 않았다. 한낮이라 집에 있을 리가 없었다. 아마 그날도 노령산맥 능선을 따라 염소 똥을 찾아 온 산을 헤집고 다닐 것이 분명했다.

나는 안심하고 큰 작대기를 하나 주워 들고 월남 용사의 넝마 더미 같은 집으로 다가갔다. 짖어대는 개를 작대기로 위협하고 나서 집 주위를 둘러보는데,

갑자기 누군가 뒤에서 어깨를 붙잡았다.

온몸으로 고압 전류가 찌리릿 흐르는 느낌이었다.

뒤를 돌아보았다.

이런 맙소사! 월남 용사다!

한여름 같은 날씨인데도 그는 긴 팔에 긴 바지를 입고 있었다. 그의 몸에서 밖으로 보이는 부위라고는 얼굴과 목덜미, 그리고 코끼리 귀처럼 널따란 귀밖에 없었다.

얼굴과 목덜미, 심지어 귀까지, 보이는 데에는 전부 숯검정을 새까맣게 발라놓았기 때문에 그의 나이나 표정, 인상 같은 것

은 도무지 짐작할 수가 없었다. 그도 더위는 느끼는지 땀이 흘러내려 얼굴에 발라놓은 숯검정에 지저분한 얼룩을 만들어놓고 있었다. 군모 아래로 비어져 나온 길게 자란 머리카락은 눈 위로 흘러내려 어지럽게 헝클어져 있었다.

월남 용사를 그렇게 가까이 세밀하게 본 사람이 아마 내가 처음이었는지도 모른다.

깜짝이야!

그가 갑자기 손을 내밀었다.

나는 흠칫 놀라 뒤로 물러서면서 그의 손을 내려다보았다.

운동화였다. 잃어버린 내 한쪽 운동화!

나는 운동화를 낚아채서 뒤도 돌아보지 않고 냅다 달렸다. 심장이 벌렁벌렁했다. 나는 그 사실을 아무에게도 말하지 않았다. 부모님에게도, 동네 형들에게도, 우리 반 아이들에게도. 나중에 형이 오기 전까지는 말이다.

첫 만남

첫 만남

　"지금 같은 봄방학 때는 말이야. 2월이니까. 풀이 조금씩 자라날 때야. 이때부터는 한길 가의 아홉 마지기 논이 제일 좋아. 논 주인이 매년 늦가을마다 거름에 쓰려고 풀씨를 뿌려두거든. 이맘때는 그 풀씨들이 싹이 터서 잔디 같아. 염소들이 풀을 뜯는 동안 풀밭에서 데굴데굴 굴러다닐 수도 있어. 조금 있으면 토끼풀도 무성하게 자라나지. 꽃이 피면 끊어서 시계를 만들 수도 있어. 걱정하지 마. 염소똥은 좋은 거름이라서 논 주인이 뭐라 하는 일은 없을 거야.

　아홉 마지기 논은 못자리 할 때까지야. 그때가 되면 논 주인이 아마 논을 갈아엎을 거야. 그때부터는 개울가에 나가야 해. 그 무렵에는 개울가에도 풀이 많이 자라지. 날이 많이 더워지면

월곡 마을 앞개울로 내려가. 거기 가면 개울 가운데 섬이 아주 많아. 모래가 쌓여 생긴 모래톱들이지. 염소들이 잘 먹는 씀바귀 과 풀들이 많아. 그 섬에다가 염소들을 풀어놓아버리면 하루 종일 걱정 없이 놀 수 있어. 염소들은 물을 싫어하니까 결코 그 섬에서 달아나는 일이 없지. 거기 개울에는 무지개 무늬가 있는 각시붕어랑 납자루가 많이 사는데, 마치 수족관에서 본 열대어 같아. 그 녀석들을 잡아다가 기르면 딱 좋지.

음, 가을에는 말이야. 망구봉 아래 배암골이 좋아. 거기에는 감나무랑 밤나무가 많지. 예전에 과수원이 있던 자리야. 주인이 서울인가 어딘가로 이사하고 난 뒤로 관리하는 사람이 없어. 걱정 말고 거기 있는 단감도 실컷 따 먹어봐. 밤은 종일 주우면 몇 자루 라도 모을 수 있을 거야. 네가 과수원 주인이나 다름없는 거야.

그리고 풀이 귀한 겨울에는 양지바른 계곡을 찾아가. 제일 좋은 곳은 웃덤터야. 거긴 한겨울에도 인동 넝쿨이 새파랗단다. 너한테만 가르쳐주는 비밀인데 당산나무에서 계곡 위쪽으로 오백 미터쯤 올라가면 당산나무보다 약간 큰 느릅나무가 있어. 그 느릅나무는 커다란 뿌리가 땅에 다 드러나 있지. 뿌리들이 줄기만큼이나 굵어. 뿌리 사이에 들어가 누울 수도 있는 넓은 공간이 있어. 염소들을 풀어놓아줘 버리고 뿌리 사이의 공간에 들어가 뒹굴면 얼마나 기분이 좋은지 몰라. 양지라 종일 해가 들어 따뜻하고, 나뭇가지 사이에서 바람이 씽씽 노래를 부르지. 이따금 말똥

가리가 나뭇가지에 잠시 내려앉아 쉬어가는 것도 볼 수 있을걸.”

여왕 염소의 고삐를 넘겨주던 날 형은 계절에 따라 풀을 뜯기기 좋은 곳들을 몇 군데 일러주었다.

하지만 그런 곳들은 집에서 너무 멀었다. 자주 가기는 어렵고 큰마음을 먹어야 한 번씩 가볼 수 있는 곳들이었다. 염소에게 풀을 뜯기기 위해서 매일같이 그렇게 먼 곳으로 원정을 나가는 일은 형 같은 염소 인간에게나 가능한 일이었다.

나는 형과 달랐다. 나는 염소 인간이 아니라 조류학자의 꿈을 가지고 있었다. 나에게는 염소보다는 새를 관찰하는 일이 언제나 우선이었다. 새를 찾을 시간도 부족한데 염소에게 풀을 뜯기기 위해서나 아니면 단감이나 따 먹기 위해서, 혹은 뒹굴뒹굴하기 위해서 그 먼 곳까지 나갈 여유가 어디 있겠는가.

나는 주로 마당재로 갔다. 마당재에다가 염소를 풀어놓고 맘껏 새를 찾아다녔다. 마당재는 뒷동산에 있는 펑퍼진 잔디밭이다. 마당재는 서른재나 고산재처럼 높은 고갯마루가 아니라 경사가 완만한 산허리에 자리 잡고 있었다. 그래서 나는 ‘마당재’라는 이름은 잘못 지어진 것이라 생각했다. 오랜 심사숙고 끝에 ‘마당터’라는 이름이 적격이라는 결론에 도달했다.

실제로 나는 일상 대화에서 ‘마당재’ 대신 ‘마당터’라는 단어를 사용해보기도 했다. 그런데 그럴 때마다 어른들은 ‘뭐라고? 거기가 어딘데! 뭐야 마당재라고? 그렇다면 진작부터 마당재라고 말했어야지!' 하면서 꿀밤을 먹이기 일쑤였다. 부모님은 물론 형과 누나도 마찬가지였다.

내가 언어학적으로 중대한 오류를 찾아냈고, 아주 적절한 대안까지도 만들어냈다고 생각했는데 아무도 인정해주지 않아 몹시 속상했다. 심지어는 그때로부터 수천 일이 지난 지금까지도 그 일을 생각하면 기분이 좋지 않다. 아직도 '마당재'라는 장소명에 대한 불만을 떨쳐버리지 못한 것이다.

그때는 '마당재는 마당터다!'라고 캠페인이라도 벌이고 싶었다. 하지만 어쩔 수 없이 마당재라는 장소 이름을 사용해야 했다. 그것은 그 시절 어린아이였던 나의 입장에서 순전히 원활한 의사소통을 위한 어쩔 수 없는 선택이었다는 점을 분명하게 밝혀두고 싶다.

사건이 있던 그날도 학교에서 돌아오자마자 개울가에 매어두었던 염소를 몰고 마당재에 올랐다. 마침 전날 소나기가 한차례 퍼부은 터라 마당재에는 잔디와 나무들이 뿜어내는 싱그러운 풀 냄새가 가득했다. 염소들은 각자 입맛에 맞는 풀을 찾아 뿔뿔이 흩어졌다.

나는 팔베개를 하고 잔디 위에 누웠다. 하늘엔 구름 몇 조각이 표류했다. 불에 살짝 그을린 듯 검푸른 숲이 사방에 우거져 있었다. 제철 만난 여름새들이 짝을 찾는 노랫소리도 요란했다.

메뚜기의 날갯짓 소리도 제법 날쌔졌다. 멀리 냇가에서 물고기를 잡으며 물장난하는 아이들의 떠드는 소리가 방죽을 넘어 자장가처럼 귓가에 흘러왔다.

졸음이 밀려왔다.

눈앞에 가물가물 아지랑이가 피어올랐고, 먼 하늘의 뭉게구름이 아련했다.

잔잔한 평화가 가슴 가득 깃들고 있었다.

바로 그 순간!

그러니까 눈꺼풀이 감길 듯 말 듯 하던 아슬아슬한 찰나로부터 내가 하려는 이야기는 본격적으로 시작된다. 나중에 어른이 된 뒤 황량한 도시의 집들을 고아처럼 전전하고 다닐 때도 그 추억만 떠올리면 마음이 따뜻해지고 아이처럼 심장이 콩닥거림을 느끼곤 했다. 그 한 편의 동화 같은 이야기가 여기에서 본론에 접어드는 것이다.

나는 지금도 그 순간을 생생하게 기억해낼 수 있다. 건망증이 심한 탓에 할아버지, 할머니의 기일이나, 가족의 나이나 생일, 심지어는 내 나이와 생일, 주민등록번호 따위도 깜박 잊어먹곤 하지만 그 순간만은 내 가슴속에 원형 그대로 간직하고 있다. 어쩌면 내 두뇌가 그 순간의 기억을 간직하는 데에 너무 많은 에너지를 쏟는 탓에 날이 갈수록 건망증이 심해지는지도 모른다.

거의 감길 듯 몽롱해진 눈앞으로 대포알이 지나가듯 검은 물체가 순식간에 휙 스쳐갔다.

저절로 눈이 번쩍 뜨였다.

아지랑이며 아련한 구름 따위는 갑작스럽게 햇볕에 노출된 안개처럼 순식간에 휘발해버렸다. 짜릿한 쾌감 같은 것이 등줄기를 훑고 지나갔다.

덮치듯이 쏟아지는 햇살에 눈이 부시다고 생각하려는 순간, 후드득후드득 우박이 떨어져 내리는 듯한 소리가 공중으로 우르르 진군해왔다. 자잘한 새의 날개가 바람을 치는 소리였다. 째재잭 짹짹 수십 마리나 되는 자잘한 새들이 휙휙 총알처럼 눈앞을 지나갔다.

용수철처럼 발딱 일어서서 발을 돋우고 새들이 날아간 쪽을 쳐다보았다. 제비들이 검은 구름장처럼 떼를 지어 빠르게 날아가고 있다. 분명히 제비들인데 자기들보다 몇 배나 큰 새를 뒤쫓고 있었다. 보기 드문 광경이었다. 제비 특공대! 그렇다면 바보처럼 도망치는 덩치 큰 새는 어떤 녀석인가. 눈꺼풀에 힘을 주어 실눈을 뜨고 유심히 살펴봤다. 녀석은 발로 뭔가를 붙들고 있었다. 움켜쥔 건 새였다!

녀석은 매였다. 매가 제비 한 마리를 채서 달아나는 장면이었다. 혼자였다면 짹소리도 못 냈을 자잘한 제비들이 떼를 지어서 마치 동료를 내놓기 전에는 보내줄 수 없다는 듯이 사력을 다

해 끈질기게 매를 추격하고 있었다. 하지만 매는 재빠르게 하늘로 치솟더니 계곡 쪽 숲으로 뛰어들어 숨어버렸다. 표적을 잃은 제비 떼는 방향을 바꾸어 마을로 돌아가면서 흩어졌다.

그 모든 것이 불과 몇 분 사이에 일어난 일들이었다.

매가 내려앉은 숲으로 재빨리 뛰어갔다. 매가 사라진 곳 부근에서는 숨소리를 죽이며 조심스럽게 주위를 살폈다. 매는 금방 눈에 띄었다. 밤나무 가지에 앉아 제비의 몸뚱이를 찢고 있었다. 깃털이 바람에 날리며 떨어져 내렸다. 먹는 데에 정신이 팔린 녀석은 내가 엿보는 것을 눈치채지 못했다.

소나무 뒤에 몸을 숨겼다. 매가 앉아 있는 나무까지는 불과 10미터 정도도 되지 않았다. 가슴이 두근거렸다. 그렇게 가까이서 매를 바라보기는 생전 처음이었다. 콧잔등의 주황색 반점*이 선명하게 보였다. 먹이를 찢어 삼킬 때마다 한 번씩 고개를 들어 주위를 경계했다.

한겨울 흰 눈으로 뒤덮인 국사봉의 이마에 석양이 엷게 내려앉을 무렵 도도한 자태로 하늘을 천천히 선회하며 먹이를 노리는 참매, 들판 위의 높은 하늘에서 쉴 새 없이 날개를 저어 정지비행을 하다가 급강하하여 먹이를 낚아채는 황조롱이, 날아가

---

* 나중에 안 사실이지만 이 주황색 반점을 전문 용어로는 '납막'이라고 한다. '납막'은 부리 위쪽 콧구멍 주변을 덮고 있는 일종의 피부이다.

는 제비를 날쌔게 뒤쫓아서 낚아채는 새호리기 같은 매!

그런 매가 머리 위에 떠 있으면, 꿩을 뒤쫓아 들판을 뛰다가, 찌르레기 한 무리가 달아난 숲으로 달려가다가, 우르르 몰려가는 메추리 떼를 쫓아 관목 숲을 달리다가도 멈추어 서서 고개를 치켜들고 넋을 놓고 바라보곤 했었는데.

그런 매를 내가 불과 10미터 거리에서 보고 있는 것이다!

망원경*을 가지고 왔더라면 좋았을걸. 나는 좀 더 자세히 보려고 발을 돋우고 고개를 뽑아올리고 있었다.

앗! 갑자기 무엇인가 내 머리를 툭 치고 휙 지나갔다.

매였다! 다른 한 마리가 뒤에서 나타나 기습 공격을 한 것이다.

녀석은 하늘 높이 솟구치더니 밤나무 우듬지에 내려앉았다. 목을 높이 뽑아 올리고 목청을 높여 우렁차게 짖어댔다.

키리 키리 키리 키릭키릭키릭 킬킬킬

악령의 웃음소리였다. 등골이 오싹해졌다. 여태껏 들어본 적이 없는 날카로운 소리였다. 갈매기 소리와 비슷하지만 쇳소리가 섞여 해괴하게 느껴지기까지 했다. 곧게 세워 젖힌 가슴팍을

---

* 우리 집에는 망원경이 하나 있었다. 내 보물 1호였다. 셋째 삼촌이 외국에서 사 온 것이라고 했다. 성능이 좋아서 멀리 있는 새를 관찰하기에 알맞았다. 나는 오랫동안 그 망원경을 가지고 다니며 새를 관찰하곤 했는데, 중학교 2학년 때 수학여행에 가지고 갔다가 그만 잃어버리고 말았다.

부드러운 황갈색 깃털이 뒤덮고 있었다. 가슴팍의 황갈색은 흡사 녀석이 뜯어 먹은 짐승들의 피가 묻어 착색된 것처럼 보였다. 생김새도 영락없는 악령이었다.

제비를 뜯어 먹고 있던 녀석도 먹이를 버려두고 날아올랐다. 그놈은 은사시나무 꼭대기에 내려앉았다.

밤나무 우듬지에서 울고 있던 놈이 가볍게 뛰어내려 하강하다가 방향을 바꾸어 하늘로 솟구쳐 올랐다. 녀석은 또 한 번 방향을 바꾸어 곤두박질치듯 나를 향해 돌진해왔다. 날개를 쫙 펼치고 허공을 미끄러지듯 빠르게 다가왔다. 두 다리가 후들후들 떨렸다. 얼어붙은 듯이 꼼짝달싹할 수 없었다.

녀석은 들이받기라도 할 기세로 코앞까지 접근하고 있었다. 2미터, 1미터, 50센티미터……. 매의 부리가 내 눈알에 박히고 말 것 같았다. 나는 필사적으로 고개를 휙 돌렸다. 거의 동시에 매도 방향을 바꾸어 하늘 높이 치솟았다. 매의 깃이 일으키는 바람이 뺨을 스쳤다. 30센티미터나 아니면 20센티미터까지 접근했던 것 같다. 고작 2~3미터까지 접근했다가 방향을 트는 꾀꼬리와는 비교할 수도 없이 가까운 거리였다. 곡예비행하는 솜씨나 속도, 어느 면에서도 꾀꼬리는 상대가 되지 못했다. 자칫 방심했다가는 녀석이 정말로 눈알을 채어 갈 것만 같았다.

녀석이 하늘 높이 솟구쳤다가 다시 밤나무 꼭대기에 내려앉는 순간 은사시나무에 앉아 있던 다른 한 녀석이 훌쩍 공중으로 뛰어내렸다. 그러고는 곧장 나를 향해 미끄러지듯 전진했다.

기습 공격이다!

대처할 새도 없이 순식간에 날아와 내 머리를 툭 치고 지나갔다.

다른 녀석이 다시 나무에서 뛰어내리고 있었다.

녀석들의 잇따른 협공에 나는 정신을 차릴 겨를이 없었다. 그대로 소나무 밑동 뒤에 숨어 쪼그려 앉았다. 녀석은 소나무 가까이 접근했다가 방향을 틀어 날아갔다. 나는 가만히 앉아서 숨을 골랐다.

키리 키리 키리 키릭키릭키릭 킬킬킬

통쾌하다는 듯이 매가 짖어댔다. 녀석들의 울음소리가 계곡 사이에 쩌렁쩌렁 울려 퍼졌다. 나무 사이로 살짝 녀석들을 엿보았다. 한 녀석이 목을 꼿꼿이 세우고 짖어대고 있었다. 그 녀석은 다시 나뭇가지에서 훌쩍 뛰어내리더니 하늘을 한 바퀴 선회하고 나서 근처의 상수리나무 가지 사이로 들어갔다. 녀석이 내려앉은 굵은 상수리나무 가지에는 둥지가 보였다. 녀석들도 둥지 때문에 그렇게 공격해댔던 모양이다. 꾀꼬리들이 그랬던 것처럼 말이다. 그렇다면 둥지에서 멀리 떨어지기만 하면 더 이상 공격하지 않을 것이다. 비로소 안심되었다.

재빨리 몸을 일으켜 마당재 쪽으로 뛰기 시작했다. 한 마리가 괴성을 지르며 하늘 높이 날아올랐다가 다시 상수리나무 쪽으로 돌아갔다. 마당재에 도착해서는 쿵쿵거리는 심장을 쓸어내렸다. 꾀꼬리 사건 이후로 근 한 달 동안이나 고장난 로봇처럼 몸이 삐걱거려 새를 쫓아다니지도 못했는데, 기껏 마당재에 드러누워 구름이나 바라보고 있었는데, 심심해서 미칠 지경이었는데!

이제는 다 회복되었다. 다시 뛸 준비가 된 것이다.

그런 시점에 새로운 새가, 그것도 새의 황제인 매가 내 눈앞에 나타난 것이다. 나는 이때 앞으로 일어날 어떤 운명적인 사건을 벌써 예감하고 있었는지도 모른다.

토요일* 오후였다. 염소들을 데리고 집을 나서다가 소를 몰고 가는 명길이와 마주쳤다. 토실토실 살이 오른 명길이네 소는 우리 동네에서 가장 컸고 털에는 윤기가 번드르르 흘렀다. 명길이 아버지가 날마다 꼴을 푸지게 베다 먹였고, 쉬는 날마다 명길이가 비옥한 풀밭을 찾아다니며 풀을 뜯겼기 때문이었다.

나는 명길이가 소를 모는 것이 신기했다. 우리의 키는 1미터 30센티미터를 간신히 넘었으며, 내 몸무게는 31킬로그램이었고 명길이의 몸무게는 겨우 28킬로그램밖에 되지 않았다. 그렇게 작고 가벼운 우리에 비한다면 명길이네 소는 공룡이나 다름없었

---

* 그때는 토요일에도 오전 수업이 있었다. 동네 어른들은 일요일을 포함한 휴일을 '공일', 토요일을 '반공일'이라 했다.

다. 아마도 우리 몸무게의 열 배를 훨씬 넘을 것만 같았다. 어른도 소의 뒷발에 차이면 뼈가 부서진다고 했으니까, 만약에 소가 우리의 발을 살짝 밟기라도 한다면 발가락이 으스러질 수도, 무쇠 같은 발굽으로 우리의 무릎을 살짝 건드렸다간 무릎뼈가 깨져버릴 수도 있었다. 그놈의 힘도 틀림없이 우리보다 수십 배, 아니 수백 배나 더 셀 것이기에 만약 도망치려는 맘만 먹으면 우리가 붙잡고 있는 고삐 따위는 아무런 장애가 되지 못할 터였다. 녀석은 언제든지 땅을 쿵쿵 울리며 뛰어서 멀리멀리 사람들이 살지 않는 숲속으로 달아나버릴 수도 있었다. 그렇게 어마어마한 소가 동네에서 소문난 겁쟁이인 명길이를 따르는 게 정말 신기하기만 했다.

명길이는 나와 같은 나이에 같은 학년, 같은 반이었다. 키는 비슷하지만 몸무게는 나보다 덜 나갔다. 그런데 녀석은 나의 먼 친척이었다. 8촌인가 10촌인가 아니면 12촌이던가, 아무튼 그렇게 멀기는 하지만 친척인 것만은 확실하단다. 거기까진 나쁠 게 없었다. 그런데 녀석의 항렬이 나보다 두 단계나 높다는 이유로, 어른들은 내가 명길이를 할아버지라 불러야 한다고 했다. 녀석은 나와 다투거나, 아니면 어떤 이유로 불리한 처지에 놓이게 되면 앞으로는 자신을 할아버지라 부르고 존댓말을 써야 한다며 곧잘 생떼를 썼다. 이 얼마나 부조리한 일인가! 몸무게도 나보다 덜 나가는 녀석이 말이다. 녀석이 억지를 부릴 때면 어처구니가 없어 말문이 막힐 지경이었다. 얼마 전 그 일로 한 번 크게 다툰 뒤로 우리는 한동안 같이 다니지 않았다.

항렬의 문제로 불화가 생기기 전까지는 우리는 둘도 없는 친구였다. 가축 친구들을 데리고 야산으로 들어갈 때마다 우리는 언제나 무엇을 하고 놀까 궁리하기 바빴다. 어떤 날은 잘 날지 못하는 새끼 꿩들을 쫓아 온 산을 헤집고 다녔으며, 어떤 날은 벌집을 찾아내서 벌들의 집단 생활을 구경했고, 어떤 날은 산토끼를 쫓았고, 어떤 날은 나무 위에서 새의 둥지를 관찰했고, 어떤 날은 신기한 나무 열매를 땄다. 정신없이 놀다 보면 어느새 어둑어둑해져 있었다. 집에 돌아가려고 보면 풀어놓은 짐승들이 사라지고 없어 캄캄한 숲을 헤매면서 찾아다닐 때가 많았다.

"오늘 어디로 갈 거야?"

"마당재."

동네에 동갑 친구는 우리 둘밖에 없었으므로 언제나처럼 우리는 다시 자연스럽게 화해했다. 명길이에게 매를 보여주고 싶었다.

"매 둥지 하나 찾았다. 거기 가보자!"

"매 둥지라고? 그거 진짜야?"

명길이는 눈을 휘둥그렇게 뜨고 들뜬 목소리로 물었다.

"우리 형이 매는 사람 눈깔도 파 먹는다던데. 괜찮을까?"

겁이 많은 녀석은 금방 근심 가득한 표정이 되어 다시 물어왔다.

"걱정 마! 괜찮아! 공격하긴 하지만 눈알을 파 먹지는 않아. 조심하면 돼. 내가 시범을 보여줄게."

안심시키려고 했지만 명길이 얼굴이 어두웠다.

마당재에 도착해서 소랑 염소를 풀어두었다. 명길이를 데리고 둥지가 있는 상수리나무 근처로 갔다. 소나무 뒤에 숨어서 명길이에게 둥지를 가리켜 보여주었다. 둥지 안에서 알을 품고 있는 매의 모습이 보였다. 우리를 발견한 녀석은 곧 둥지를 박차고 쏜살같이 날아오르면서 새된 쇳소리를 내질렀다. 은사시나무 우듬지에 내려앉아 목청이 찢어질 듯이 고음으로 몇 번 짖어대더니 곧장 우리를 향해 돌진했다.

"으악!"

저돌적인 모습에 명길이는 외마디 비명을 지르며 떨기나무 뒤에 숨었다. 친구까지 데리고 다시 나타난 것에 몹시 화가 났는지 매는 내 머리를 발로 세게 툭 치고는 방향을 전환해 하늘로 치솟았다. 움찔했다. 지난번보다 더 세게 얻어맞았다. 그러다가는 정말 눈알을 파 먹힐 수도 있을 것 같았다. 약간 겁이 났다. 나는 나뭇가지 하나를 주워 들고 휘이휘이 휘둘렀다. 매는 쉴 새 없이 짖어대며 공격했다. 돌진해 올 때마다 나는 칼을 휘두르는 장수처럼 작대기를 내둘렀다. 매는 작대기에 닿을 듯 말 듯한 지점에서 방향을 틀었다. 겁에 질린 명길이는 계속 떨기나무 뒤에서 숨죽이고 있었다.

"튀자!"

작대기를 휘두르는 팔에 힘이 빠지자 나는 명길이를 향해 소리치면서 달리기 시작했다. 명길이가 서둘러 일어서서 뒤따라 뛰다가 나무뿌리에 걸려 넘어졌다. 명길이는 그대로 엎드린 채 손으로 뒤통수를 감싸 쥐었다.

"으악! 살려줘!"

둥지에서 어느 정도 떨어졌으므로 어미 매들은 더 이상 쫓아오지 않았다. 하지만 명길이는 일어날 생각을 하지 않고 계속 죽은 체하고 있었다.

"이제 괜찮아. 일어나."

명길이의 손을 잡아끌어 일으켜 세웠다. 어미 매들은 밤나무와 은사시나무 위에서 우렁차게 짖어대고 있었다. 우리는 서둘러 마당재로 돌아왔다.

"이게 뭐야! 너 땜에 죽을 뻔했잖아!"

명길이의 눈에는 눈물이 그렁그렁했다. 원망이 가득한 목소리로 짜증까지 냈다. 그깟 일로 울상이라니. 역시 명길이는 겁쟁이였다. 웃음이 나왔지만 참았다. 숨을 돌리고 나서 우리는 잔디에 드러누워 뭉게구름을 올려다보았다.

'저것은 배, 저것은 비행기, 저것은 양털, 저것은 코끼리, 저

것은 뱀, 저것은 물고기…….' 누워 있자니 몹시도 심심했다. 우리는 떠가는 구름의 모양을 가늠했다. 그것은 금방 싫증이 났다. 그래서 우리는 다시 매 이야기로 돌아갔다.

"매들이 왜 우리한테 덤벼들었을까?"

"자기들 집 지키려고 그랬겠지."

"그럼 둥지 안에는 알이 있을까? 새끼들이 있을까?"

매의 알은 얼마나 클까. 색깔은 어떻고 모양은 어떨까. 새끼가 있다면 얼마나 자랐으며 어떻게 생겼을까.

나의 호기심은 점점 더 강해졌다. 매 근처에 다시는 얼씬도 하지 않을 것 같았던 명길이도 너무 심심했는지 둥지 안을 궁금해했다.

결국 우리는 다시 둥지를 찾아갔다. 명길이는 멀찍이 떨어져서 바위 뒤에 자리를 잡고 머리만 빠끔 내밀고 있었다.

"눈만 조심하면 돼!"

등 뒤에서 명길이가 훈수를 뒀다.

나는 막대기를 휘두르며 앞으로 나아갔다. 매가 몇 차례 공격해 왔지만 막대기가 닿지 않을 만한 거리에서 방향을 틀었다. 둥지가 있는 상수리나무 밑동까지 걸어갔다.

꾀꼬리 둥지가 있던 갱골의 굴참나무에 비하면 이것은 식은 죽 먹기였다. 고작 아래에서 여섯 번째 가지에 둥지가 얹혀 있었다. 중간중간에 잔가지도 많아 손쉽게 올라갈 수 있을 것 같았다.

작대기를 버리고 나무를 타기 시작했다. 약간 겁이 났지만 조류학자의 꿈을 이루기 위해서는 그런 위험쯤은 달게 감수해야만 한다는 생각으로 용기를 냈다. 높이 올라갈수록 공격은 거세어졌다. 둥지가 있는 가지에 도착했을 때는 녀석의 발톱에 머리를 몇 번씩이나 채였다.

　　둥지에는 하얀 알이 네 개 있었다. 모양이나 크기가 꿩알과 거의 비슷했다. 아래에서 올려다보기에는 솔가지 몇 개로 만들어놓은 듯 엉성해 보였는데, 둥지 안은 의외로 아늑해 보였다. 솔가지로 된 기초 위에 솔잎이 촘촘하게 깔려 있었는데, 단정하게 정돈된 느낌이었다. 나는 알을 하나 조심스럽게 들어올려 명길이에게 보였다. 그러고는 날뛰는 어미들이 진정하도록 서둘러 내려왔다.

　　"근데 너 진짜 용감하구나. 진짜 재밌다. 우리 내일도 여기 와서 놀자."

　　겁쟁이 명길이는 어디 가고 없었다. 명길이가 다짐받듯 말했지만, 다음 날에는 비가 많이 내려서 마당재에 올라갈 수 없었다. 비는 며칠 동안 계속해서 쏟아졌다. 일기예보에서는 장마 전선이 꼼짝도 하지 않고 멈추어 있다고 했다.

장마

장마

　그해 여름 장마는 짧았지만 유난히도 비가 많았다. 잠시 비가 그쳐도 하늘이 검은 구름장으로 뒤덮여 세상이 깜깜했고, 축축한 공기에는 곰팡내가 묻어 있었으며, 땅은 마를 날이 없이 질척거렸다. 나무껍질이 빗물에 불어 미끄러워져서 나무를 탈 수도 없었다.

　굉장한 폭우가 쏟아지고 난 뒤에는 질척질척한 땅바닥에 미꾸라지들이 구물구물 기어다녔다. 동네 형들은 미꾸라지들이 비를 타고 성층권까지 날아 올라갔다가 떨어지는 것이라고 했다. 그 형들의 이론에 의하면, 미꾸라지가 자라서 이무기가 되고, 이무기가 자라나서 용이 되는 것이며, 미꾸라지들은 이무기가 되기 위해 폭우 속에서 날아다니는 연습을 했던 것이다. 하지만, 간혹 미꾸라지들 틈에 피라미, 갈겨니, 버들치, 납자루 같은 물고기들이 섞여 은빛 비늘을 반짝이며 팔딱거리고 있었는데, 형들의 순 엉터리 이론은 그런 것도 제대로 설명할 수 없었다. 나는 그 문제를 해결하기 위해 새로운 이론을 찾아내느라 골머리를 앓았다.

장마철에 내가 할 수 있는 일이란 마루나 방에 멍하니 앉아 있다가, 잠깐 비가 그치면 도랑 가로 나가 물고기를 줍기 위해 진흙탕을 뒤는 게 전부였다. 고작 물고기 몇 마리를 주워 와서 들여다보며 이론을 궁리하는 그런 일은 금방 싫증났고, 비가 계속 쏟아져 내릴 때는 꼼짝없이 집에 갇혀 감옥 신세나 다름없게 느껴졌다. 나는 산과 들로 맘껏 뛰어다니고 싶기만 했다.

그런데 장마가 지긋지긋해질 무렵 우리 집에 경사가 났다. 염소 한 마리가 무려 네 마리의 새끼를 낳은 것이다. 염소는 보통 한 번에 새끼를 한 마리에서 네 마리까지 낳는다. 간혹 다섯 마리를 낳는 경우도 있지만 그것은 사람이 쌍둥이를 낳는 것만큼 드문 일이므로 네 마리는 가장 큰 수확이었다. 아버지는 매우 기뻐하면서 외양간에다가 지푸라기를 듬뿍 깔아 바닥을 마르고 푹신하게 만들어주었다. 갓 태어난 새끼는 하룻밤을 자고 나자 비틀비틀 걸어 다녔고, 이틀 밤을 자고 나서는 폴짝폴짝 뛰었다.

아버지는 염소를 들여다보고 있는 내게 새로운 임무를 맡겼

다. 새끼 염소의 항문을 닦아주는 것이었다. 새끼 염소의 똥은
어미 염소들의 똥과 같이 콩알처럼 동글동글하지 않았다. 마치
황금빛이 감도는 갓난아기의 똥처럼 생겼는데 호박엿처럼 점성
이 강해서 자칫 말라붙는 날에는 항문이 막혀버린다고 했다. 어
미 염소가 핥아 먹기도 하지만 깜박 잊는 경우가 많으니 잘 지켜
보다가 마르기 전에 닦아내야 한단다.

　더럽게 어떻게 염소의 똥꼬를 닦느냐고 투덜거렸다. 아버지
는 혀를 끌끌 차더니 신문지를 찢어 새끼 염소의 똥꼬를 훔쳐냈
다. 그러고는 콧구멍에 바짝 대고 킁킁 냄새를 맡았다. 그다음
에는 내 코앞으로 쑥 내밀었다. 얼굴이 찡그려졌다. 하지만 이내
기분이 좋아졌다. 젖만 먹고 자라서인지 약간 달콤한 연유 냄새
가 났다. 그 냄새가 왠지 마음을 편안하게 해주는 것만 같았다.

　아버지는 또 형의 영웅담을 들려주었다. 형은 시키지 않아도
자발적으로 새끼 염소 똥꼬 닦는 일을 도맡았으며 염소를 돌보
려고 외양간에서 잠도 잤다는 것이다. 이제 나도 그때의 형처럼
자랐으니 충분히 해낼 수 있다는 것이다.

　"조류학자가 되려거든 이런 것부터 배워야 해! 사람이 좋아
하는 일만 하고 살 수는 없는 법이야. 좋아하는 일을 하기 위해
서는 궂은일도 해야 하는 것이지. 궂은일을 하기 싫은 사람은 좋
아하는 일을 할 자격도 없는 거야."

　결정적으로 아버지는 그런 일을 더럽게 생각하는 사람은 조

류학자의 꿈을 꿀 자격도 없다고 덧붙였다. 아버지의 주장은 자신이 기르는 염소도 돌볼 줄 모르는 사람이 어떻게 산과 들에 있는 새들에게 제대로 관심을 기울일 수 있겠냐는 것이었다. 궂은 일을 하기 싫으면 염소 기르는 일도 다 그만두고, 조류학자는 꿈도 꾸지 말라고 했다.

결정적으로 그 대목에서 결국 나는 새끼 염소 똥꼬 닦는 일을 맡기로 결심했다.

억지로 맡게 되었지만 점점 재미있어졌다. 학교에서 돌아오면 마루에 가방을 내던져두고 외양간으로 달려갔다. 아버지는 외양간에다가 신문지를 잔뜩 쌓아줬다. 나는 푹신한 짚단을 깔고 앉아, 새끼 염소들이 똥을 눌 때마다 신문지를 부욱 찢어서 두 손으로 양 끝을 붙잡고 비벼대어 화장지처럼 부드럽게 만들어 녀석들의 항문을 닦아줬다. 새끼 염소들을 쓰다듬고 끌어안아주기도 했다. 새끼 염소들이랑 늦게까지 장난치다가, 형의 그물침대 위에서 잠깐씩 잠들기도 했다. 염소를 돌볼 때의 형의 기분을 알 것 같았다. 마치 형이 된 기분이었다.

그러나 한편으로는 이러다가 형처럼 염소 인간이 되어버리는 게 아닌지 걱정되기도 했다. 그러나 이 모든 일이 위대한 조류학자가 되기 위한 준비 과정이라 생각하면 뿌듯했다. 조류학자가 된다면, 어미 잃은 유조를 데려다가 몇 시간 간격으로 이유식을 떠 먹여야 하고, 다친 새를 구조해 와서는 종일 곁에 붙어 앉아 상처를 치료하고 먹이고 똥도 치워줘야 할 것이다. 이제 그런 궂은일도 다 해낼 자신이 생겼다. 염소 똥꼬도 닦아준 내가 못 해낼 궂은일이 무엇이겠는가?

"넌 조류학자가 될 자격이 충분해!"

시험을 잘 본 학생에게 선생님이 하는 것처럼 아버지가 내 머리를 쓰다듬어줬다. 염소들이 많이 자라서 더 이상 항문을 닦아주지 않아도 됐을 때였다. 7월 중순쯤이었는데 검은 구름이 웃덤터로 쑥쑥 빨려 들어가고 있었다. 웃덤터는 계단식 논이 차곡차곡 들어서 있는 마당재 동쪽의 계곡이다. 마을 사람들은 장마 구름이 웃덤터로 이동하면 장마가 물러간다고 믿었으며, 그 말은 매년 정확히 들어맞았다. 과학적으로는 장마 전선이 어떻게 이동하고 그러는 모양인데 도무지 알 수 없는 노릇이었다.

먹구름이 웃덤터로 쑥쑥 빨려 들어갈 무렵이면 매년 칠면조만치 큰 황새가 마을 위를 날아갔다. 그 새가 진짜 황새였는지는 알 수 없으나, 모두들 황새라고 믿었다. 동네 꼬마들은 고개를 치켜들고 느릿느릿 날아가는 커다란 새를 쳐다보며 '황새다! 황새다!' 하며 오랫동안 뒤쫓아갔다. 황새는 마을에서 멈추는 일이 없었다. 그냥 일 년에 한 번 그 큰 덩치를 이끌고 커다란 그림자를 드리우면서 봉황처럼 비행해 갔다.

아무튼 그해에도 웃덤터가 먹구름을 삼켰고, 황새가 지나갔고, 하늘은 파랗게 개었다. 그러고는 장마 내내 땅에 쏟은 물을 다시 증발의 원리로 되가져가려는 듯 해가 이글거리기 시작했다. 이른 불볕더위가 시작됐다.

관측소

관측소

해가 쨍하게 나자마자 매를 보기 위해 뒷산으로 뛰어 올라갔다. 기다렸다는 듯이 매들이 공습을 시작했다. 새끼들이 다 자라서 둥지를 떠나지 않았을까 걱정을 해왔던 터라 어김없이 공격해대는 매들이 오히려 반가웠다.

나무에 올라 둥지 안을 들여다보았다. 깜짝 놀랐다. 웬 병아리 한 마리가 앉아 있었다. 죽은 병아리가 아니라 살아 있는 병아리! 그렇지만 매가 살아 있는 병아리를 물어다 놨을 리 없지 않은가.

알 하나가 갓 부화한 것이다! 새하얀 솜털로 뒤덮인 새끼 매는 병아리 같았다. 자세히 살펴보지 않으면 영락없이 하얀 병아리로 착각할 것도 같았다. 하지만 갈고리처럼 휘어진 부리 끝이 맹금의 혈통임을 분명하게 보여주었다. 짐승들을 갈가리 찢어 먹을 킬러의 부리!

　다음 날에는 수업 시간 내내 마음이 들떴다. 수업이 끝나자 마자 빠르게 페달을 밟아 집에 돌아왔다. 가방을 마루에 내던지고 매 둥지로 내달렸다. 둥지 안에는 나머지 세 개의 알도 모두 부화했다. 한참 동안 둥지 안을 들여다보았지만 어미 매의 공격은 예전 같지 않았다. 이따금 한 번씩 머리 위를 가볍게 스쳐 지나갈 뿐이었다. 이제 많이 익숙해져서 녀석들이 장난을 걸어오는 것만 같았다. 나는 오랫동안 새끼 매들을 살펴보면서 녀석들의 부리와 다리, 그리고 희고 보드라운 솜털을 쓰다듬어보았다. 녀석들은 찍찍 가느다란 울음소리를 내며 내 손길을 따랐다. 작고 어린 맹금의 이마를 쓰다듬으면서 나는 이미 조류학자가 다 된 기분이었다.

　좀 더 자세히 관찰하고 싶어서 나는 둥지 가까운 곳에 관측소를 짓기로 마음을 먹었다. 학교에서 돌아와 매일 조금씩 3일에 걸쳐 관측소를 만들었다.

　아버지의 공구함을 꺼내 들고 올라가 공사를 했다. 첫날에는 줄기가 제법 굵고 곧은 오리나무를 베어다가 기둥을 세우고, 잎이 많이 달린 잔가지를 엮어서 벽을 막았다. 다음 날은 곧고 짱짱한 곁가지들로 지붕을 얹고, 그 위에는 잎이 무성한 싸리나무

줄기를 쳐다가 올렸다. 그러고 나서는 다시 비닐을 씌워 비가 잘 새지 않도록 만들었다. 그 위에 다시 칡덩굴과 잎이 많은 나뭇가지 따위를 얹어서 위장이 잘 되도록 했다. 셋째 날에는 볏짚을 한 단 가져다가 바닥에 깔고, 한쪽 벽에 거적을 걸어서 드나들 수 있는 문을 만들었다. 매의 둥지가 잘 보이는 방향으로 창문도 냈다.

그렇게 얼마 후 관측소가 완성됐다. 허술하지만 궁궐도 부럽지 않은 나만의 진짜 집이었다. 비닐로 방수 작업까지 했으니 원시인들의 움집보다는 훨씬 나을 것이라는 생각도 들었다. 위장을 잘해서 밖에서 보면 무성한 수풀처럼 보였다. 안은 나만의 아늑한 보금자리였다. 내가 아끼는 물건들 대부분을 거기로 옮겼다. 망원경, 장난감 권총, 딱지와 구슬, 아끼는 문방구, 그런 것들을 한쪽 구석에다가 쌓아놓았다.

학교에서 돌아오면 곧장 관측소로 달려가 망원경을 집어 들었다. 일부러 지대가 높은 곳에 지었으므로 관측소에서는 둥지 안이 훤히 들여다보였다. 나는 둥지 안에서 일어나는 일들을 낱낱이 관찰했다.

내가 며칠째 관찰하면서 알아낸 가장 놀라운 사실은 어미 매들의 눈 색이 다르다는 것이었다. 둥지에서 알을 품던 녀석의 홍채는 샛노란 색인데, 다른 한 녀석의 눈동자에는 홍채가 보이지 않고 전체적으로 어두웠다. 성조 암수의 홍채 색이 다른 것이다.

암컷은 홍채가 노랗지만 수컷은 그렇지 않아 암수 구분이 가능하다는 사실을 그때 내가 알아낸 것이다. 대단한 발견이라 생각하고 공책에 적어두기도 했다.

어미 매는 아기 매의 먹이로 주로 개구리나 곤충을 잡아다 날랐다. 이따금 작은 새나 생쥐, 도마뱀도 붙잡아 왔다. 제일 자주 잡아 오는 먹이는 단연 개구리였다. 개구리가 주식인 개구리매인가? 그런 생각도 들었다. 아기 매들은 먹이를 차지하기 위해서 형제들끼리 치열한 경쟁을 벌였다.

벌레나 씨앗을 먹고 자라는 작은 새들은 아기 새가 노란 주둥이를 벌리고 먹이를 기다리면 어미가 먹이를 주둥이 안쪽으로 넣어주는데, 이와 달리 매의 경우에는 어미가 갈고리 같은 부리로 개구리 따위의 먹이를 찢어서 살점을 들어올리면 새끼들이 그것을 경쟁적으로 빼앗듯이 낚아채 먹었다. 어미가 먹이를 찢을 때마다 한바탕의 쟁탈전이 벌어졌던 것이다.

망원경을 통해서 아기 매들의 우스꽝스러운 배설 장면을 목격하기도 했다. 보통 제비나 박새 같은 작은 새들은 새끼의 똥냄새가 천적을 불러들일 수 있기 때문에 배설하는 즉시 어미 새가 멀리 물어다 버렸다. 그런데 아기 매들은 달랐다. 녀석들의 똥은 어미 매가 물어가기에는 너무 묽었다. 천적이 많지 않은 맹금은 새끼들 스스로 배설물을 해결하도록 진화한 모양이었다.

아기 매들은 배설할 때면 일단 엉덩이를 치켜든 다음 둥지의 가장자리로 천천히 뒷걸음질쳤다. 그러곤 보는 사람의 마음이 조마조마해질 정도로 아슬아슬하게 둥지 끝에서 멈춰 섰다. 뒤이어 대장과 괄약근의 강한 수축 작용을 이용해 마치 물총을 쏘듯 똥을 내뿜어버렸다. 그러면 똥은 포물선을 그리며 멀찍이 날아가 땅바닥에 떨어졌다. 아기 매들은 마치 누가 가장 멀리 내보내는지 시합이라도 하는 것처럼 힘차게 똥을 쏘아 보냈다. 그 때문에 둥지 주변의 나뭇잎들에는 하얀 물똥이 여기저기 묻어 있었다.

나는 어미 매들이 먹이를 구하러 간 사이에는 재빠르게 둥지 위에 올라 아기 매들을 쓰다듬어주기도 했다. 아기 매들은 나를 겁내지 않았다. 손가락을 가까이 대면 맛을 보고 싶은지 아니면 장난치고 싶은 것인지 부리를 벌려서 깨무는 시늉까지 했다. 많이 친해진 느낌이었다.

둥지 근처를 돌아다니면서 생태 환경을 조사하기도 했다. 둥지 일대를 수색해서 어미 매가 물어다가 내버린 알 껍데기를 둥지로부터 200여 미터 떨어진 곳에서 찾아냈고, 살점을 뜯어 먹고 버린 작은 짐승의 뼈다귀도 발견했다.

내가 알아낸 그 모든 것들을 공책에 기록해뒀다. 매들이 똥 누는 모습은 물론 어미 매들이 물어오는 먹이의 목록, 먹이를 물어오는 횟수와 주기도 적었다. 그리고 근방의 생태 지도도 아주

정교하게 그려놓았다. 어떤 날은 굉장한 발견을 했다는 생각에
연필을 쥔 손이 떨리기도 했다. 위대한 조류학자의 탄생을 예감
하고 있었기 때문이었다.

　그 기록이 지금까지 남아 있다면 지금보다 훨씬 더 생생하고
정확하게 그때의 이야기를 들려줄 수 있을 텐데 아쉽다. 안타깝
게도 그 기록은 영영 사라져버렸다. 고향을 떠나면서 집에 두고
온 것이 결정적인 실수였다. 집에 돌아가 공책을 찾았을 때는,
아버지가 이미 불쏘시개로 써버린 뒤였던 것이다.

여름방학

여름방학

여름방학이 되었다. 상급생이 되어서 처음 맞는 여름방학이었다. 또한 조류학자의 꿈을 갖고 난 후 처음 맞는 여름방학이기도 했다. 헛되이 보낼 수는 없었다. 나는 뭔가 대단한 과업을 이루고 싶었다. 매의 생태를 잘 관찰해서 논문까지는 아니더라도 동화 같은 글이라도 한 편 써보고 싶었던 것이다. 따라서 하루에도 몇 번씩이나 관측소에 들어가 오랫동안 둥지를 관찰하고 기록했다.

그날도 관측소에 올라가는 길이었다. 갑자기 숲이 소란해졌다. 까악 까악 하는 까마귀의 둔탁한 괴성과 키릭 키릭 킬킬 하는 매의 높은 쇳소리가 뒤섞여 들렸다. 퍼덕퍼덕 날개 치는 소리가 요란하게 들렸다. 나뭇가지가 흔들리고 뭔가 투둑 떨어지는 소리도 들렸다. 저 멀리 까마귀 두 마리가 달아나고 있었고 어미 매 한 마리가 추격하고 있었다. 그 근처 소나무에서는 놀란 듯한 청설모 한 마리가 나무에서 나무로 재빠르게 건너뛰고 있었다. 도대체 무슨 일이 일어난 것일까. 불길했다. 서둘러 둥지 아래로 달려갔다.

아기 매 두 마리가 바닥에 떨어져 있었다. 한 마리는 눈알이 파이고 온몸이 찢겨서 피투성이가 되어 있었다. 다른 한 마리는 머리 부분에 찢긴 자국이 있긴 했지만 비교적 양호한 상태였다. 손바닥에 올려보니 많이 다친 녀석도 숨이 붙어 있기는 했다. 어미가 자리를 비운 사이 까마귀나 청설모가 둥지를 습격한 모양이었다. 그러나 자초지종을 파악할 겨를이 없었다. 나는 다친 아기 매 두 마리를 조심스럽게 손바닥으로 감싸서 부리나케 집으로 돌아왔다.

평상 위에 수건을 깔고 녀석들을 내려놓았다. 부상이 심한 한 마리는 더 이상 숨을 쉬지 않았다. 그러나 한 마리는 멀쩡했다. 벌떡 일어나 내 손을 향해 겅중거리며 다가와 장난을 걸어오기까지 했다. 어미가 없는 틈을 타서 내가 몇 차례 둥지에 올라 쓰다듬어준 탓에 어느 정도 내 손길에 익숙해진 모양이었다.

겉으로는 멀쩡하게 움직였지만, 녀석의 상처도 제법 깊어 보였다. 우선 당시의 만병통치약이었던 빨간약을 가져와서 발라주었다. 그러나 그다음이 문제였다. 이 녀석을 다시 둥지에 돌려놓아야 할까? 혹시 상처가 덧나서 죽지는 않을까? 내가 이 아이를 돌볼 수 있을까? 그런 고민 끝에 우선 하루이틀만 데리고 있으면서 돌보기로 마음먹었다. 어미 매가 새끼들에게 먹이 주는 모습을 자세히 봐두었으므로 하루 이틀 돌볼 자신은 있었다.

한 아이는 몸이 차갑고 딱딱해져 있었다. 감나무 밑에 묻고 봉긋하게 봉분을 만들어주었다. 길쭉한 돌멩이 하나를 봉분 앞에 세워 비석도 만들어주었다.

그러고 나서 살아 있는 아이를 데리고 개울가로 나왔다. 물고기를 잡아서 칼로 잘게 저미어, 어미가 하는 것처럼 부리 앞에 내밀었다. 냉큼냉큼 잘 받아먹었다.

이틀 동안 새끼 매를 돌보다 보니 금세 정이 들어버렸다. 녀석이 나를 너무 잘 따르는 것이었다. 놀랍게도 내가 주는 먹이를 한 점도 사양하는 법이 없었다. 식욕이 왕성해서 작은 개구리는 통째로 꿀꺽 삼켜버리기까지 했다. 상처도 탈 없이 아물고 있었다. 그렇게 사흘 나흘이 지나갔다. 이제는 돌이킬 수 없었다. 다시 둥지에 되돌려놓았다가 어미가 알아보지 못하고 남의 새끼로 착각해서 해치기라도 하면 어떻게 한단 말인가!

나는 중대한 결심을 했다. 방학 동안 내 손으로 매를 기르는 것이다!

닐스의 모험을 꿈꾸던 시절에는 아무런 준비도 없이 무작정 새들을 데려와서 실패하고 말았지만, 이제는 그 철없던 때와 달랐다. 아기 매들의 먹이 종류와 양도 이미 파악했으며, 어미 매가 먹이 주는 방식까지 이미 다 꿰뚫고 있었다. 이제 예비 조류학자의 자격으로, 그동안 관찰한 것을 토대로 아기 매를 직접 기르기로 마음을 굳혔다.

"칫, 순 거짓말! 이건 병아리야, 병아리. 내가 잘 알아!"

내가 기르는 게 새끼 매라 말했지만 아무도 쉽게 믿어주지 않았다. 누나는 노골적으로 빈정거렸고, 엄마도 의심의 눈초리로 쳐다봤다.

그러나 나는 크게 신경 쓰지 않았다. 남들이 믿건 안 믿건 그런 게 뭐가 중요하단 말인가. 이 녀석은 무럭무럭 자라날 것이다. 나중에 늠름한 맹금이 되고 나면 모두들 자연스럽게 믿게 될 것이 아닌가. 일단 녀석의 보금자리 만드는 일이 시급했다.

집에 굴러다니는 안 쓰는 바구니 하나를 찾아냈다. 마침 매의 둥지와 비슷한 크기였다. 바닥에다가 자잘한 나뭇가지를 깔았다. 그 위에는 솔잎을 깔았다. 진짜 둥지와 거의 비슷해 보였다. 아기 매를 넣어보니 편안해하는 기색이었다.

철사 세 가닥으로 걸이를 만들어 바구니 가장자리에 고정시켰다. 마치 행잉 화분처럼 들고 다니기에도 편리하고 나뭇가지에 걸어둘 수도 있었다. 마당가에 서 있는, 잎이 무성한 감나무 가지에 매달아놓고 보니 딱 좋았다. 대청마루에 앉아서 보면 한 눈에 녀석의 동태를 낱낱이 관찰할 수도 있고, 햇볕이 뜨거운 낮에는 어른 손바닥만큼 커다란 감나무 잎사귀들이 녀석에게 아늑한 그늘을 만들어줄 듯했다. 이따금 초록빛 잎새를 흔들고 지나가는 서늘한 바람이 녀석에게 자장가를 들려주기도 할 터이다.

가끔씩 둥지를 들고 개울가로 나갔다. 바짓가랑이를 걷어 올리고 개울물에 걸어 들어가 돌 밑에 손을 넣어 물고기를 잡아 먹이기도 했다. 녀석은 물고기나 개구리, 메뚜기 등 가리지 않고 잘도 받아먹었다. 가슴팍에 모이주머니가 있었는데 신축성이 좋아 고무풍선처럼 늘어났다. 먹이를 잔뜩 먹고 나면 모이주머니가 바닥에 끌려 걸어 다니지도 못할 정도였다. 주머니는 아주 얇아서 손을 대보면 안에 들어 있는 내용물이 고스란히 만져졌다.

한번은 물고기를 잡아 물 밖으로 나왔는데 녀석이 보이지 않았다. 텅 빈 둥지를 보고 당황해서 주위를 두리번거리는데 내가 물고기를 잡던 저 위쪽 물가에서 녀석이 찌익 찌익 울면서 나를 부르고 있었다. 둥지에서 뛰쳐나와 종종걸음으로 물가를 따라 나를 뒤쫓아온 것이었다.

아직 햇병아리일지라도 맹금은 맹금이었다. 식욕이 너무 왕성해서 혼자 먹이를 감당하기 어려울 지경이었다. 간혹 엄마가 시장에 다녀올 때 내장을 얻어 와서 주기도 했지만, 대부분은 내가 숲이나 개울에서 먹이를 구해야만 했다. 맹금을 기르기 위해서는 다른 생명의 희생이 필요했다. 나는 개구리, 물고기, 메뚜기, 매미 따위의 생명체를 포획해서 목숨을 끊어놓아야 했다. 다른 생명체를 죽이는 일은 매우 역겹고 죄책감이 드는 일이었다. 처음에는 마음이 무척 힘들었다.

살생이란 무엇인가? 내가 먹는 소고기, 돼지고기, 닭고기 따위도 살아 있는 생명체였겠구나! 그런 생각에 깊이 빠져들기도 했다.

먹고 먹히는 관계는 자연계에서는 어쩔 수 없는 일이다. 나는 어미 매 역할을 대신하는 것이다. 그런 생각으로 불쾌한 기분을 떨쳐버리곤 하였다. 당시 나는 고민 끝에, 살생은 피할 수 없는 일이지만 꼭 필요한 최소한만 신중하게 해야 한다는 결론에 도달했다. 조류학자의 길은 그렇게 멀고도 험난했다.

모이주머니가 두둑해져서 녀석이 졸기 시작하면 나는 솜털을 쓰다듬어주면서 코를 대고 냄새를 맡아보기도 했다. 닭장에서 맡을 수 있는 것과 비슷한 냄새가 났다. 포유류와는 다른 조류 고유의 냄새가 있다는 생각이 들었다. 아기 매는 맹금보다는 병아리에 가까운 느낌이 드는 것도 사실이었다. 어미 매들이 무섭고 강하게 보이는 핵심은 매끈한 몸매, 갈고리 같은 부리와 주황색 콧잔등, 그리고 날카로운 발톱이다. 그런 용맹한 모습을 갖

추려면 얼마나 긴 시간이 지나야 할까. 빨리 자라면 좋을 텐데 말이다. 녀석이 성조가 되어 하늘을 나는 장면을 상상하면 가슴이 두근거렸다.

황금 참외의
비밀

황금 참외의 비밀

우리 집은 바로 산 아래에 있어서 언제나 시원한 산바람이 불어왔고, 넓은 마당 가에는 오래된 나무가 몇 그루 있었다. 대문에 들어서면 아름드리 살구나무가 버티고 있었고, 꽃밭 가장자리에는 감나무랑 대추나무가 서 있었다. 감나무와 살구나무 사이에는 봉숭아 꽃밭이 있어 해마다 여름이면 빛깔 고운 봉숭아꽃이 한가득 피어났다. 백 년 가까이 되었다는 살구나무 아래에는 널따란 평상이 있었다. 살구나무가 평상에 만들어주는 넓은 그늘은 참 시원했다. 바람이라도 가볍게 불면 자잘한 이파리들이 모두 부채가 되어 살랑살랑 흔들렸다.

매미 노래가 사방에 깔리고 뻐꾸기가 한몫 거드는, 여름의 정취가 물씬 풍기는 날이면 동네 아주머니, 할머니들이 우리 집에 놀러 왔다. 아주머니들은 평상에 모여 앉아 손톱에 봉숭아물을 들이기도 했고 나물 무칠 토란 줄기나 고구마 줄기를 다듬기도 했다. 가끔은 아주머니들을 따라 동네 누나들이 봉숭아 꽃물을 들이러 왔다.

"마당을 종종거리며 다니는 게 얼마나 귀엽던지! 난 참말로 병아린 줄 알았단 말이여."

동네 사람들이 모이면 이제 매라는 것을 확실히 알게 된 엄마가 그런 식으로 녀석을 소개해줬다. 아주머니들이랑 누나들이 신기한 듯 매를 들여다보고 쓰다듬어보곤 하였다. 나는 팬 서비스 차원에서 몇 가지 묘기를 보여주었다.

녀석을 머리나 어깨 위에 얹고 걸어 다니는 정도는 약과였다. 검지를 횃대 삼아 녀석을 올려두고 손을 위아래로 빠르게 움직이면 녀석은 마치 활공하는 어미 매처럼 두 날개를 옆으로 쫙 펼쳐서 균형을 잡았다. 역시 매라서 아직 어려도 손가락을 붙잡는 발가락의 힘과 균형을 잡는 감각이 뛰어났다. 녀석이 손가락에 찰싹 달라붙어서 날개를 펼쳐 묘기를 부리는 것을 보면서 마을 사람들의 탄성은 그칠 줄 몰랐다. 그렇게 해서 녀석은 점점 우리 동네의 명물이 되어갔다.

나와 매가 보여줄 수 있는 최고의 묘기는 단연 미사일-똥 쇼였다. 그 묘기는 아무 때나 보여줄 수 있는 것이 아니었다. 아주운 좋은 사람이나 구경할 수 있었다. 왜냐하면 매가 변의를 느낄 때만 가능했기 때문이었다.

그 묘기는 녀석의 배변 습관을 활용한 것이었다.

녀석은 똥을 누려고 하면 우선 엉덩이를 높이 치켜들었다. 그러곤 뒤로 한두 걸음씩 물러서기 시작했다. 녀석이 뒷걸음질을 쳐서 둥지의 가장자리에 바짝 다가설 때 나의 구령은 시작된다.

"사격 준비! 조준!"

녀석이 배설할 때쯤 나는 '발사!' 하고 외친다.

그러면 녀석은 어김없이 새하얗고 걸쭉한 똥을 세게 내뿜었다. 똥은 곡사포 탄환처럼 포물선을 그리며 저만치로 튀어 나갔다. 그 순간 아줌마들 특유의 폭소와 박수 소리가 온 집안을 꽉 채웠다. 어떤 아줌마들은 내가 약장수 같다고도 했다.

매의 그런 습성이 좋은 것만은 아니었다. 둥지를 걸어둔 감나무 아래를 지나는 사람은 혹시 녀석의 미사일이 날아오지 않나 유심히 살펴야 했다. 그러던 어느 날 기어이 일이 터지고야 말았다.

누나가 감나무 아래를 지나다가 당한 것이다. 누나는 의외로 나에게 엄청나게 화를 냈다. 일부러 그런 것도 아닌데 말이다. 아마 똥에 맞았다는 수치심을 분노로 위장하고자 하는 의도가 그 저변에 깔렸을 것이다.

누나는 둥지를 떼어서 아기 매와 함께 마당에 내동댕이쳤다.

겉으로는 과격하게 내동댕이치는 것 같았지만 사실은 매가 다치지 않게 조심스럽게 내려놓듯 던지는 것 같기도 했다. 하지만 나는 누나에게 심한 말을 하고는 매를 데리고 뒷산으로 줄행랑쳤다. 뒤에서 '거기 서지 못해!' 하는 누나의 날카로운 고함소리가 들렸다.

뒷산에는 아버지가 밤나무 숲 그늘에서 꼴을 베고 있었다. 아버지 옆에 있으면 누나가 뭐라고 못 할 것이다. 나는 죽은 밤나무를 베어낸 등걸에 걸터앉았다. 아버지는 내가 온 걸 아는지 모르는지 계속 풀만 베고 있었다. 아버지가 빨리 일을 마쳤으면 좋겠다고 생각했다. 그러면 아버지가 점심 먹으러 내려갈 때 함께 묻어서 집에 돌아갈 수 있을 테니까. 아무것도 안 하고 아버지 일이 끝나기만을 기다리는 것은 참으로 심심하고 지겨웠다.

멀리 국사봉 위의 하늘에서 커다란 참매 한 마리가 선회하고 있었다. 할아버지가 틈만 나면 들려주던 이야기가 생각났다.

국사봉을 넘으면 큰 호수가 나온다고. 그 호수에는 잉어가 많이 산다고. 할아버지가 맨 처음 그 호수를 발견했을 때는 그저 개구리나 자잘한 물고기만 살고 있었는데 할아버지가 비단잉어를 사다가 넣었단다. 저 참매는 할아버지가 살아 있을 때나 지금이나 여전히 국사봉 꼭대기를 지키는구나 하고 생각했다.

멍하니 국사봉을 바라보고 있는 나에게 아버지가 자그마한 참외를 내밀었다.

"너 또 뭔 일을 저지르고 줄행랑을 놓은 게지?"

"진지 잡수러 안 내려가신대요?"

나는 속내가 다 들통 나버린 게 창피해서 뚱한 얼굴로 딴소리를 했다.

"저쪽을 마저 베고 가야 쓰것다. 너나 얼른 내려가거라."

아버지는 다시 허리를 수그리고 밤나무 그늘에서 풀을 벴다. 아버지가 건네준 참외를 물끄러미 내려다보았다. 유난히 작고 샛노랗다. 샛노란 껍질에서는 반짝반짝 황금빛이 감돌았다. 관상용 황금 참외 같다는 생각이 들었다. 워낙 앙증맞고 예뻐서 먹기 아까웠다. 하지만 배 속에서 꼬르륵거리며 아우성치는 소리가 들렸기 때문에 참을 수 없었다. 참외를 한 입 깨물었다. 달콤한 맛이 혀끝에서 시작해서 그야말로 눈 깜짝할 사이에 온 입안에 퍼졌다. 참외가 아니라 무슨 묘약 같았다. 그에 비한다면 엄마가 시장에서 사 온 커다랗고 색이 흐릿한 참외는 아무런 맛도 나지 않는 바람 든 무나 다름없었다. 허겁지겁 흔적도 없이 먹어치워버렸다. 세상에서 가장 맛있는 참외를 먹은 기분이었다.

더 먹고 싶었다. 올해는 참외를 심지도 않았는데 어디서 난 것일까? 더 있지 않을까? 마침 아버지가 일을 마치고 목덜미에 걸친 수건을 들어 이마의 땀을 훔치면서 다가왔다.

"참외가 어디서 났대요?"

"그것 말이냐? 똥통을 퍼다가 밤나무에 거름을 했드만 그 속에 있던 씨가 움이 터서 덩굴이 자랐는가 보더라."

그만 말문이 턱 막히고 말았다.

세상에! 이럴 수가! 사람 배 속으로 들어갔다가 똥에 섞여 나와서 거름과 함께 땅에 묻혔다가 싹이 터서 자라난 넝쿨에서 열린 참외라니! 속이 미식거리고 눈앞이 노래졌다. 마치 똥통에서 똥을 한 바가지 퍼서 마신 것만 같았다. 그 더러운 것을 토해내고 싶었지만 헛구역질만 나올 뿐이었다. 참외가 워낙 작은 데다가 무척 배고픈 상태여서 이미 다 소화되어버린 모양이었다.

울렁거리는 위장은 금방 진정될 수 있다! 그렇지만 이 치욕은 어떻게 견딘단 말인가!

황금 참외는, 세상에서 가장 맛있는 참외는,

사실 똥 참외였던 것이다! 똥 참외!

똥 참외를 먹은 아이라는 소문이 퍼진다면 어떻게 낯을 들고 거리를 활보할 수 있을 것인가! 학교는 또 어떻게 다닌단 말인가!

역시 어른들이란 믿을 만한 존재가 못 된다. 잠시라도 경계를 늦추면 꼼짝없이 당하게 되는 법인데.

그러한 사실을 잠시 잊고 있었던 나 자신이 원망스러웠고, 아버지가 원망스러웠고, 나를 쫓아 보낸 누나가 원망스러웠고, 누나에게 똥을 싼 매가 원망스러웠다. 누나가 둥지를 내동댕이치고 동생에게 심한 말을 해대는데도 말리지 않고 내버려둔 엄마도 원망스러웠다.

하도 분해서 눈물까지 찔끔찔끔 짜내고 있는 나를 위로하듯 아버지가 말했다.

"뭣이 어때서 그래? 내가 먹으려다가 생각해서 주니까 말이야. 그것이 얼마나 영양분이 풍부한지 알기나 해? 그런 것은 시장에서 돈 주고 살라 해도 못 사는 거여, 요놈아!"

겉으로는 진심인 듯한 표정이었지만, 어딘지 모르게 조소와 야유가 느껴졌다. 세상에 내 편은 한 명도 없다는 생각이 들었다. 나는 부모 그리고 형제에게조차 버림받은 아이가 된 것이었다. 내 편이라고는 결국 내가 기르는 매밖에 없었다.

"자, 이제 밥이나 먹으러 가자."

아버지는 뒤도 안 돌아보고 앞장서서 성큼성큼 산을 내려가 버렸다. 나는 몹시 우울하고 슬픈 기분이 되어 매를 무릎 위에 올려놓고 머리를 쓰다듬어줬다. 배고픈 생각도 다 달아나버렸다. 아무것도 모르는 매는 양쪽 무릎 사이를 깡총거리며 뛰어다니다가 바짓가랑이를 쿡쿡 쪼아대며 장난하고 있었다.

만일 아버지가 벌써 내려가서 소문을 퍼트렸다면! 누나는 지금쯤 배꼽을 잡고 깔깔거리고 있을 게 틀림없다. 누나는 동네 아이들에게, 엄마는 동네 아줌마들에게 소문을 내고 다닐 것이다. 이제 소문이 퍼지는 것은 시간문제다.

누나의 조롱은! 명길이의 비웃음은! 학교 아이들의 야유는!

동네 어른들의 빈정거림은!

아! 죽고 싶은 심정이었다.

매애애애애애애애애애애애애애애애애애애애애

그때 저 멀리 국사봉에서 가느다랗고 긴 야생 염소의 울음소리가 들려왔다. 국사봉 야생 염소의 울음소리는 개울가에서 풀을 뜯어 먹고 있는 내 염소나 동네 사람들의 염소와는 분명히 달랐다. 그 정도는 바보라도 쉽게 구분할 수 있었다.

집에서 기르는 염소들의 울음소리는 '매애애애 매애애애 매애애애' 하고 소리의 마디가 짧았다. 하지만 국사봉에 사는 야생의 염소들은 '매애애애애애애애애애애애애애애애애애애' 하고 아주 길게 울었다. 그것은 물론, 국사봉 정상이나 아니면 그 너머의 노령산맥에서 들려오는 것이었으므로 아주 희미하고 가느다랗게 들렸다.

고개를 들어 국사봉을 올려다보았다. 개미만큼 작아 보이지만 월남 용사임이 분명한 사람이 마치 개미가 기어가듯이 부지런히 정상을 향해 뛰어가고 있었다.

째재잭 쩍쩍 새 떼가 요란하게 지저귀는 소리가 들리더니 시커먼 어미 매가 휙 눈앞을 가로질렀다. 그 뒤로 제비들이 와르르 몰려갔다. 어미 매가 새끼 제비 한 마리를 붙잡은 모양이었다.

형의 방학

형의 방학

방학을 맞아 형이 돌아왔다. 하지만 일주일밖에 머물지 못한단다. 방학 동안에도 학교에서 보충 수업을 하기 때문이라는 것이다. 형의 방학은 겨우 7일인 셈이었다. 방학이 한 주뿐이라니! 나는 벌써 고등학교에 갈 일이 걱정되었다.

형은 내가 매 기르는 것을 무척 신기해하였다. 틈틈이 개구리 잡는 것도 도와주었다. 매는 이제 개구리를 하루에 열 마리도 넘게 먹어치웠다. 주기만 한다면 아마 스무 마리도 더 먹어치울 기세였다. 잠시도 쉴 새 없이 종일 뛰어다니며 개구리를 잡아야 할 처지였다.

형은 자신에게 주어진 7일의 휴가 중 첫째 날은 엄마가 해주는 음식을 먹으면서 집에서 보냈다. 그날 내 매의 이름도 지어주었다.

"산에서 자란 매를 '산진'이라 하고, 집에서 키운 매를 '수진'이라 한단 말이야. 네 매는 집에서 기르는 매이니 '수진'이라는 이름이 좋겠어."

그렇게 해서 내 매는 '수진'이라는 이름을 얻었다. 그렇게 이름을 짓고 보니 맹금치고는 온순한 게 여자아이 같다는 생각도 들었다.

둘째 날은 아버지가 벼논에 농약 치는 일을 도왔고, 셋째 날은 동네 앞 수로에 나가서 나와 함께 개구리를 잡았다.

넷째 날은 마당재에다 염소를 풀어놓고 어미 매를 구경했다. 형은 어미 매를 유심히 관찰하더니 비슷하긴 하지만 황조롱이는 아닌 것 같단다. 형이 모르는 새는 거의 없었는데. 어쩌면 내 매는 희귀종일지도 모른다는 생각이 들었다.

다섯째 날은 갱골에 갔다. 형은 꾀꼬리가 사람의 말을 알아듣는 것을 보았느냐고 웃으면서 물었다. 나는 이미 모든 비밀을 알아냈노라 힘주어 말했다. 형은 나를 시험해본 것이었으며 시험에 통과했으므로 조류학자가 될 자격이 충분하다고 말해주었다.

갱골의 꾀꼬리들은 더 이상 우리를 공격하는 일이 없었다. 큰 소리로 욕해보았지만 녀석들은 무관심하게 나무 사이를 날아다니기만 했다. 벌써 어미 새들만큼 크게 자라난 새끼 꾀꼬리들도 높은 굴참나무 위를 훨훨 날아다녔다.

형에게 굴참나무에서 떨어진 이야기며, 개가 신발을 물어가 버린 이야기, 그리고 월남 용사가 신발을 돌려준 이야기까지 모두 다 들려줬다. 이야기를 다 듣고 난 형은 골똘히 생각에 잠겼다. 수진이는 바구니 안에서 바닥에 깔아둔 솔잎을 부리로 깨물며 혼자 장난하고 있었다.

"월남 용사는 정말 미친 걸까?"

약간의 시간이 흐른 뒤에 형이 내게 물었다. 그건 대답하기 아주 어려운 질문이었다. 형도 내게 대답을 원하는 것은 아니었음이 분명했다.

"형은 국사봉 염소 떼를 봤어?"

대답 대신 형에게 새로운 질문을 던졌다. 형은 잠시 뭔가 깊이 생각하는 기색이었다. 그러고는 조금 뒤 입을 열었다.

"월남 용사는 봤을까?"

형이 그 말을 하고 있을 때 나는 월남 용사가 완전무장을 한 채 낑낑거리며 소나무를 기어 올라가는 모습을 발견했다. 우리로부터 200미터가량 떨어진 곳이었다. 형의 옆구리를 찌르며 월남 용사를 가리켰다. 월남 용사는 나만큼 나무를 잘 타지는 못했다. 그는 두 손을 한꺼번에 움직이고 나서 그다음 두 발을 이동시키는 방식으로 나무를 타고 있었다. 두 발이 나뭇가지를 밟고 있는 동안 두 손이 조금 더 위쪽에 있는 나뭇가지로 이동하여 매

달리고 나면 다시 두 발이 이동하는 식이었다. 그것은 마치 자벌레가 이동하는 방식이나 마찬가지였다. 가장 수준이 낮은 나무 타기 방식이었다. 두 손이 위의 나뭇가지에 매달려 있는 동안 그가 허리를 공처럼 둥그스름하게 말고 두 발을 버둥거리며 끌어 올리는 우스꽝스러운 모습에 웃음이 저절로 나왔다. 그러다가 붙잡고 있는 가지가 부러지기라도 한다면 그는 속수무책으로 추락하고 말 것이 틀림없었다. 그럼에도 불구하고 그가 그렇게 위험한 방식을 택하는 이유는 배낭과 총, 그리고 군화의 무게 때문일 수도 있다는 생각이 들었다.

월남 용사는 낑낑거리며 간신히 10미터 정도의 높이로 올라가서는 손으로 차양을 만들어 사방을 둘러보았다. 그러고는 무엇인가를 발견했다는 듯이 나뭇가지 위에 쪼그려 앉아서, 장전하는 시늉을 하고는 총을 겨냥했다. 뭔가 못마땅한 듯 갑자기 총을 세워 총신을 몇 번 탁탁 치고는 다시 뭔가를 겨냥했다. 그런 동작을 몇 차례 반복했으나 총소리는 들리지 않았다. 그는 총신을 두드리고 쪼그려 앉아 쏘기 자세를 반복하다가 얼마 후 나무를 타고 내려와서는 숲속으로 사라졌다.

나는 웃음이 나왔지만 꾹 참았다. 왜냐하면 웃음소리를 듣고 월남 용사가 등 뒤에서 불쑥 나타날 것만 같았기 때문이었다. 형은 진지한 표정으로 뭔가 생각하고 있었다.

"어쩌면 월남 용사에게는 야생 염소가 보일 수도 있어. 우리 눈에는 보이지 않는 세계에 살고 있는 거야. 이를테면 상상의 세계나 추억의 세계 같은 거지. 그런 세계는 눈에 보이지는 않지만 없는 것도 아니야. 야생 염소와 월남 용사는 그런 세계에 사는 거야. 눈에 보이는 것만으로 월남 용사를 판단해서는 안 돼. 눈에 보이지 않는 세계가 분명히 있기 때문이야."

대단한 발견을 했다는 듯이 형이 무릎을 치며 말했다. 눈에 보이지 않는 세계! 얼마나 굉장한 발견인가. 나는 역시 형다운 발상이라 생각하며 존경의 눈빛으로 형을 바라봤다. 형의 눈에는 광채가 반짝이고 있었다. 형이 고안해낸 '눈에 보이지 않는 세계' 이론에 따르면 월남 용사는 미친 것이 아니었다. 내가 조류학자를 상상하는 것과 같이 월남 용사도 상상의 세계에서 놀이하고 있는 것이다.

그런 형의 이론은 처음에는 쉽게 이해가 됐다. 하지만 집에 돌아와 잠자리에 눕자 '상상의 세계와 미치광이들의 세계는 어떻게 다른 걸까, 조류학자를 꿈꾸는 내 모습도 다른 사람들에게는 월남 용사처럼 이상하게 보일까, 나도 상태가 안 좋은 사람으로 보이는 걸까, 그럼 나도 미친 걸까' 하는 생각들로 머릿속이 어지러워졌다.

갑자기 기분이 나빠져버렸다. 더 이상 그렇게 복잡한 이론에 대해서 생각하고 싶지 않았다.

월남 용사는 야생 염소를 잡기 위해 숲을 헤매고, 나는 조류학자가 되기 위해서 새를 관찰하는 것일 뿐이다. 그뿐이다. 누구에게나 꿈이 있고, 그 꿈을 이루기 위해서 자신의 길을 가는 게 아닌가. 하지만 꿈을 이루기 위해서 자신의 길을 가는 것도 월남 용사처럼 괴상하게 보일 수도 있다! 그래서 나도 미친 것이나 다름없단 말인가! 어어, 이게 아닌데!

생각하면 할수록 그런 식으로 꼬여갔다. 이러다 진짜 미치는 게 아닌지 걱정되기까지 했다. 이상한 이론을 가르쳐준 형이 원망스러웠다. 옆에서 코까지 골면서 자고 있는 형을 흔들어 깨워 놓고 싶었다. 나를 이 지경으로 만들어놓고 편히 자고 있다니! 이제 화가 났다.

하도 화가 나서 혼자 씩씩거리며 일어났다. 막 형을 흔들어 깨울 참이었다.

바로 그때였다. 문밖에서 무슨 소리가 가느다랗게 들려왔다. 가만히 귀를 기울였다.

매애애애애애애애애애애애애애애애애애애

야생 염소의 울음소리였다. 바람이 지나간 직후의 갈대처럼 가볍게 떨리는 그 소리가 마치 보드라운 갈댓잎으로 혼란스러운 머릿속을 쓸어주는 느낌이었다. 갑자기 마음이 편안해지면서 나는 스르르 그대로 잠이 들었다.

여섯째 날은 개울가로 염소를 몰고 나가 풀이 많은 섬에다가 염소들을 풀어놓았다. 개울 저 위쪽에는 방아실 박씨가 벌써 나와서 물가에서 은어 낚시를 하고 있었다. 방아실 박씨는 마을 앞에 있는 정미소의 주인이다. 방아실 박씨의 정미소는 근처에서 하나밖에 없는 것이었다. 앞 동네, 북쪽의 네 개 동네, 그리고 남쪽의 여섯 개 동네 등 모두 열한 개의 동네 사람들이 그 정미소를 이용했다.

정미소는 녹색 양철 지붕으로 된 엄청나게 큰 건물이었다. 그 건물의 내부에는 헤아릴 수 없이 많은 고무 벨트가 뒤엉켜 있었다. 용이 되기 직전의 검은 이무기처럼 어마어마하게 커다란 벨트들이 정미소의 천장을 가득 채우고 있었다. 그 안에 들어가면 거대한 기계의 내부에 들어와 있는 기분이었다. 정미소 입구에는 발동기라고 하는 무쇠로 된 검은 기계가 한 대 놓여 있었는데, 그 기계가 작동하면 비로소 벨트들이 움직이기 시작했다. 벨트들이 빠른 속도로 돌아갈 때면 건물 안은 소음으로 가득 차서 누군가에게 말을 하려면 아주 큰 소리로 외쳐야만 했다. 정미소 안은 시끄럽고, 머리 위에서 빠른 속도로 돌아가는 벨트들 때문에 무섭기도 했다. 하지만 마당재에서 내려다보면 '푹폭 푹폭 푹폭' 하는 경쾌한 소리를 내면서 주기적으로 검은 연기를 내뿜는 모습이 참 보기 좋았다.

일 년 중 정미소가 바쁠 때는 봄 보리 수확철과 가을 벼 수확철이었다. 그 외의 계절에도 무슨 이유인지 정미소가 가동할 때도 간혹 있었지만 거의 보기 드문 경우였다. 그래서 방아실 박씨는 봄가을을 제외하고는 대부분 한가했다. 여름이면 매일 개울가에 나와서 낚싯대를 드리우는 게 일이었다.

우리는 수진이의 둥지를 개울가의 자갈밭에 내려놓고, 바짓가랑이를 걷어붙이고 물로 첨벙 뛰어들었다.

"녀석들 조용히 못 하겠냐. 물고기가 다 도망치겠다. 그건 또 뭐냐. 웬 병아리를 다 들고 다니냐. 원 녀석들하고는! 시끄러워 낚시도 못 하겠네!"

별로 떠들지도 않았는데 박씨는 괜한 트집을 잡아 혼자 투덜거리더니 저 위쪽으로 올라가버렸다. 수진이를 병아리라 해서 마음이 좀 상했지만, 녀석이 배고프다고 찍찍거리기에 서둘러 물고기를 잡느라 금방 잊어버릴 수 있었다.

우리는 열심히 물고기를 잡아서 수진이에게 먹였다. 형은 물고기 이름도 많이 알고 있었다. 내 눈에는 똑같이 보이기만 하는 피라미와 갈겨니, 돌마자와 모래무지도 형은 쉽게 구분했다. 피라미는 세로 줄무늬, 갈겨니는 가로 줄무늬로 구분할 수 있으며, 돌마자는 머리둘레가 몸통보다 가는 반면 모래무지는 머리통이 몸통보다 굵다고 했다. 하지만 나는 매번 헷갈리기만 했다.

그날 우리는 물고기를 엄청나게 많이 잡았다. 다음 날, 그 다음 날까지 먹일 수 있을 만큼 잡았다. 앞으로 이틀 정도는 걱정 없었다. 며칠 동안 기를 수 있는 붕어와 모래무지는 물이 담긴 비닐봉지에 넣었고, 금방 죽어버리는 피라미나 갈겨니는 갈대에 아가미를 꿰었다.

자갈밭에 앉아 수진이에게 물고기를 먹이고 있을 때였다. 방아실 박씨가 낚싯대를 어깨에 걸치고 바구니를 들고 우리 앞을 지나가고 있었다. 그는 우리를 향해 '많이 잡았네' 하면서 껄껄 여유 있게 웃어 보였다.

그때 어디선가 드센 바람이 갈대숲을 흔들면서 지나갔다. 순간, 방아실 박씨의 밀짚모자가 바람에 휙 날아갔다. 박씨의 대머리가 드러나고 말았다. 나는 그날 처음으로 박씨의 대머리를 보았다. 방아실 박씨는 겨울에는 토끼털 모자를, 봄가을에는 녹색 새마을 모자를, 여름에는 밀짚모자를, 언제나 모자를 쓰고 다녔으므로 그의 대머리는 좀처럼 구경하기 어려웠다. 소문대로 머리털이 한 오라기도 남아 있지 않았다. 그의 대머리는 마침 석양에 빨갛게 물들어 저물녘의 붉은 해와 거의 똑같아 보였다.

방아실 박씨는 순간적으로 몸이 뻣뻣하게 굳었다. 곧이어 머리 위의 붉은빛이 이마와 두 귓불로 번졌고, 이윽고 인중까지 내려와서 목덜미까지, 하다못해 눈알의 흰자위도 세트로 빨갛게 물이 들어버렸다. 이젠 얼굴 전체가 옥녀봉으로 넘어가기 직전의 붉은 해와 일란성 쌍둥이나 다름없이 붉게 물들어버렸다.

형과 나는 입을 딱 벌리고 그 모든 경이로운 장면을 지켜보고 있었다. 잠시 후 상황을 파악한 박씨는 낚싯대와 바구니를 땅바닥에 내팽개치고 모자가 사라진 갈대숲으로 달려갔다. 박씨는 너무 당황한 나머지 바구니에 물고기가 들어 있는 것도 잊어버린 모양이었다. 물고기들이 모래밭에 쏟아져 모래로 뒤범벅되고 말았다. 우리는 웃음을 꾹 참고 묵묵히 박씨의 물고기를 바구니에 담아주었다. 다시 모자를 되찾아 쓰고 나타난 방아실 박씨는 낚싯대와 물고기 바구니를 낚아채듯 집어 들고는 허둥지둥 빠른 걸음으로 동네를 향해 걸어갔다.

"황새 똥을 머리에 맞으면 저렇게 되는 거야. 너도 이제 황새를 쫓아가지 마."

형이 말했다. 예전에도 들어본 기억이 있었다. 장마의 끝을 알리며 마을을 지나가는 황새를 쫓아가다가 똥을 맞으면 머리카락이 한 올도 남지 않고 감쪽같이 다 빠져버린다는 것이다. 황새의 똥에는 독이 있어서, 똥을 맞으면 나무도 이파리가 모두 떨어져 결국은 죽게 된다고 했다. 방아실 박씨도 원래는 머리숱이 많았는데 어렸을 때 황새를 쫓아가다가 머리에 똥을 맞아 대머리가 되었단다. 형은 황새뿐만 아니라 백로와 왜가리의 똥을 맞아도 대머리가 될 수 있다고 주의를 줬다.

갑자기 섬뜩한 생각이 들어 나는 손바닥으로 머리통을 감싸 쥐었다. 그러고는 혹시 주위에 백로나 왜가리가 날고 있는지 살펴보았다. 날고 있는 놈은 없지만, 저 위쪽에 세 마리, 아래쪽에는 다섯 마리나 보였다. 그놈들이 언제 내 머리 위로 날아오를지 모르는 일이다. 놈들이 내 머리 위에 똥이라도 싸는 날에는 큰일이라는 걱정에 사로잡혔다.

국사봉을 넘어가면 눈이 내린 듯 하얀 봉우리 하나가 있다고 형이 말해줬다. 백로봉이라 한다고 했다. 그 봉우리는 백로와 왜가리가 떼로 둥지를 틀기에 멀리서 보면 눈 덮인 듯 하얗다는 것이다. 나는 한 번도 가본 적이 없지만 형은 할아버지를 따라서 세 번이나 다녀왔단다. 그 봉우리의 나무들은 전부 독이 있는 새똥에 맞아 이파리가 다 떨어지고 말라서 죽어버렸다는 얘기도 들었다. 나는 당장 형과 함께 국사봉을 넘어가서 백로봉을 보고 싶었지만, 형은 국사봉은 너무 높고 험해서 4학년이 넘기에는 아직 무리라고 했다. 적어도 중학생은 돼야 국사봉을 넘을 수 있단다. 중학생이 되면 그때 데려가 주겠다는 것이었다.

그 여섯 번째 날은 형의 여름방학 마지막 날이었다. 형은 일곱 번째 날 아침에 기차를 타고 학교로 돌아갔다.

첫 비행

첫 비행

이른 새벽에 일어나 염소들과 수진이를 데리고 개울가로 나
갔다. 염소들이 자유롭게 풀을 뜯게 풀어두었다. 수진이를 둥
지째 자갈밭에 내려두고 나는 물고기 사냥을 시작했다. 몇 개의
돌 밑을 수색해서 간신히 징거미 한 마리를 잡아 허리를 펴고
돌아보니 수진이가 두 발로 뭔가를 움켜쥐고 열심히 뜯어 먹고
있었다.

개울가로 뛰어나갔다. 개구리였다. 스스로 개구리를 잡은 것
이다. 그러고 보니 수진이는 이미 아기가 아니었다. 하루에 개구
리를 여남은 마리씩이나 먹어치우는 가공할 만한 식성 탓인지
하루가 다르게 성장하고 있었다. 개구리를 부지런히 찢어 먹고
있는 녀석을 유심히 살펴보았다.

영락없이 앙증맞은 병아리였는데, 솜털 뽀송뽀송한 하얀 병아리는 온데간데없었다. 검고 억센 깃털이 봄날의 새싹처럼 쑥쑥 돋아났다. 하얀 솜털은 그 위에 드문드문 지저분하게 붙어 있었다. 입으로 바람을 불거나, 손으로 털어주면 솜털은 쉽게 떨어져 바람에 날렸다. 솜털을 쓸어낸 부분의 검은 깃을 쓰다듬으면 윤기가 감돌았다. 부리 위의 콧잔등도 제법 색이 진해졌다. 녀석은 어느새 어미의 모습을 많이 닮아 있었다. 수진이도 대견했지만, 이렇게 길러낸 나 자신도 자랑스러웠다. 스스로 생각해도 이만하면 조류학자가 될 자격이 충분했다.

녀석은 개구리를 금세 먹어치우고는 내게로 팔짝팔짝 뛰어다가왔다. 끼이 끼이 애교 섞인 가냘픈 소리를 내면서 먹이를 더 달라 재촉했다. 방금 잡은 징거미 한 마리를 던져주었다. 두 발로 움켜쥐고 서너 차례 입질을 하자 징거미는 순식간에 형체도 없이 사라져버렸다.

깊은 물에서 멱을 감고 있던 명길이가 우리를 발견하고 달려왔다.

"벌써 이렇게 컸구나! 나한테도 한 마리 내려줘!"

명길이는 내 옆구리를 쿡쿡 찔러댔다. 나는 어기차게 거절했다. 이게 말이 되는가. 나는 일부러 수진이를 어미에게서 빼앗아 온 것이 아니다. 부상을 치료하기 위해서 돌보다가 어쩔 수 없이 기르게 된 것이다. 게다가 지금껏 갖은 고생을 다 해가며 길러

왔다. 그만큼 정들었다. 어미 매들도 그렇게 힘겹게 남은 두 마리의 새끼를 길렀을 것이다.

그런데 명길이가 이제 거의 다 자란 매를 내려다 기르겠다는 것이다. 이건 아무리 생각해도 말이 되지 않는다. 먹이 주는 법이라든가 매의 습성 같은 것도 전혀 모르면서 말이다. 새끼 매들도 이젠 많이 자라서 사람을 잘 따르지 않을 게 분명했다. 명길이에게 내려주는 것은 새끼 매를 죽이는 행위나 다름없었다. 명길이는 생명이 무엇인지를 아직 잘 모르고 있었다.

계속해서 매 기르는 일이 얼마나 어렵고 힘든 일인지 설명해줬지만 녀석은 집요하게 엉겨 붙었다. 기르는 법만 가르쳐주면 잘 기를 자신이 있다고 우겨댔다. 비굴한 목소리로 앞으로는 수진이에게 먹일 먹이까지도 자신이 다 잡아주겠노라는 감언이설까지 했다. 곧이어는 토라진 목소리로 매를 내려주지 않으면 다시는 같이 놀아주지 않겠다는 협박을 곁들였다.

나는 아무리 떼를 써도 안 된다고 결연하게 말해주었다. 그러고 그것을 확인하기 위해 우리는 같이 매 둥지를 방문하기로 했다. 나도 수진이를 데려온 후로는 두세 번 관찰을 위해 들른 것이 전부라 근황이 궁금하기도 했다.

약간 내키지 않는 면도 있었지만 우리는 함께 산에 올랐다. 둥지 근처에 도착했을 때 명길이는 멀찍이 물러섰다. 상수리나무 밑동까지 다가갔지만 어미 매는 보이지도 않았다. 나무를 타고 올라갔다. 둥지 가까이 다가가자 유조 두 마리가 목을 길게 뽑아 올리곤 끼-익 끼-익 날카로운 경계음을 내지르며 위협했다. 녀석들은 친부모의 사랑을 받고 자라서인지 수진이보다 성장 속도가 조금 더 빠른 것 같았다. 수진이보다 몸집도 조금 컸으며 검은 깃은 훨씬 더 많이 돋아났고, 매력 포인트인 콧잔등의 색도 더 진했다. 조금 더 분발해서 수진이를 먹여야겠다고 생각하면서 둥지 쪽으로 손을 내밀었다. 녀석들은 내 손을 피해 둥지 끝으로 뒷걸음질을 치며 물러났다. 한 놈을 만져보려고 천천히 손을 가져가는데 녀석은 둥지에서 훌쩍 뛰어내려버렸다. 그러고는 날개를 활짝 펼치고 종이비행기처럼 잠시 활공하더니 옆 나무의 가지에 가볍게 내려앉았다. 한 아이가 그렇게 도망치자 다른 아이도 뒤따라 날아가버렸다. 새끼치고는 대단한 비행 실력이었다. 어미 매들이 나타나지 않은 것은 아기 매들이 스스로 방어할 능력이 생긴 것을 알고 있기 때문이라는 생각이 들었다.

명길이는 나무 아래에서 달아난 매들을 안타깝게 바라만 보고 있었다. 매들에게도 명길이에게도 잘된 일이라는 생각이 들었다. 매는 계속 가족과 함께 행복하게 지낼 수 있게 됐고, 명길이는 개구리 잡는 중노동을 하지 않아도 되니까.

수진이의 다른 형제들이 날아가는 장면은 큰 충격이었다. 나는 집에 돌아오자마자 녀석의 발목에 붉은 리본을 묶었다. 비행 연습을 시킬 참이었다. 녀석이 멀리 날아가더라도 빨간색 덕분에 쉽게 찾을 수 있을 것이다.

부산하게 준비했는데 갑자기 빗방울이 떨어지기 시작했다. 이윽고 하늘에 구멍이라도 뚫린 듯 굵은 빗방울이 후드득후드득 쏟아졌다.

마루에서 토란대 껍질을 벗기던 엄마는 '참말로 내가 토란대만 까면 비가 오는구나' 하면서 하늘을 올려다보았다. 엄마는 토란 줄기를 끊어다가 10센티미터 정도의 길이로 토막을 냈다. 그러곤 껍질을 벗기고 몇 쪽으로 쪼개서 햇볕에 말려뒀다가 제사나 명절에 나물로 무쳤다. 토란 줄기는 수분이 많아서 뙤약볕에 며칠 동안이나 말려야만 구들구들해졌다. 그런데 신기하게도 엄마가 토란 줄기만 다듬으면 비가 와서 아까운 것들을 썩혀버리곤 했다. 일기예보를 듣고 화창한 날을 봐서 다듬었는데도 해가 쨍쨍 나던 하늘이 갑작스럽게 캄캄해지면서 아이들 주먹만이나 굵은 빗방울이 투두둑투두둑 쏟아져 내린 적도 있었다.

우리가 점심을 먹을 때 다행히도 소나기가 그쳤다. 엄마가 제일 반가워했다.

여름에는 점심을 언제나 대청마루에서 먹었다. 그날도 온 식구가 둘러앉아 마루에서 점심을 먹고 있는데 금세 볕이 나기 시작했다. 기분이 좋아졌는지 수진이가 둥지에서 껑충 뛰어오르더니 활강을 해서 마당에 내려앉았다. 그러고는 소나기가 만들어 놓은 작은 물웅덩이에 풍덩 뛰어들었다. 물오리처럼 첨벙거리며 물장구를 치면서 목욕을 했다. 귀여운 오리 새끼 같았다.

아버지는 '허, 그놈 참' 하면서 너털웃음을 웃었다. 아버지의 표정 때문인지 수진이 때문인지 다른 식구들도 덩달아 웃음을 터트렸다. 심지어 누나의 입에서는 밥알이 튀어나와 오이냉국에 빠져버렸다. 나는 기분이 좋았으므로 그 사실을 일러바치지 않았다.

점심을 먹자마자 녀석을 데리고 앞개울로 나갔다. 소나기가 내려서인지 아이들이 보이지 않았다. 방죽 위에서 마을 쪽을 바라다보았다.

"저기 우리 집이 보이지? 저리로 날아가는 거야. 잘 할 수 있겠지?"

수진이가 알아듣기라도 한다는 듯이 다정히 말해주었다. 그러고는 녀석이 앉아 있는 손을 천천히 치켜올렸다가, 균형을 잡으려고 날개를 넓게 펼치는 순간 가볍게 손을 빼냈다. 날개를 퍼덕거리며 날아올랐다. 붉은 리본을 늘어뜨리며 마을을 향해 미끄러지듯 날아갔다. 녀석은 마을이 너무 멀다고 생각했는지 영철이네 논 중간쯤에서 커다란 반원을 그리며 빙 돌더니 다시 방죽을 향해 날아왔다. 내 옆의 비닐하우스 자재를 높이 쌓아놓은 더미 위에 자연스럽게 내려앉았다.

높은 곳에 떡하니 앉아 있으니 아주 늠름해 보였다. 자세히 보니 홍채의 노란빛이 제법 진해져 있었다. 아마도 암컷인 모양이었다. 수진이의 부모를 보면, 미묘한 차이이긴 하지만 암컷이 수컷보다 약간 멋있었다. 가슴의 황갈색도 암컷이 조금 더 진했다.

더미에서 내려 몇 차례 더 비행 연습을 시켰다. 공중으로 띄워 보내고 휘파람을 불면 빙그르르 선회하면서 다시 나에게로 돌아왔다. 처음 몇 번은 계속해서 하우스 자재 더미 위에 내려앉았다. 비행에 제법 익숙해졌다 싶어 왼손 검지를 높이 치켜들어 횃대처럼 내밀었더니 그 위에 부드럽게 내려앉았다. 아직은 높이 나는 게 두려운지 계속 낮게 날았지만 처음치고는 훌륭한 비행 솜씨라는 생각이 들었다.

상으로 피라미를 잡아주기 위해 녀석을 자갈밭에 내려두었다. 지쳤는지 얌전히 앉아 기다렸다. 개울에서 피라미를 잡아 치켜들고 휘파람을 불었더니 녀석이 힘차게 날아올랐다. 그러고는 부드럽게 활강하면서 내 손에서 피라미를 채어 날아가 자재 더미 위에 내렸다. 그 위에서 두 발로 피라미를 움켜쥐고 뜯어먹는 것이었다.

며칠 뒤에 다시 녀석을 데리고 개울가로 나갔다. 아이들이 멱을 감고 있었다. 명길이가 뛰어왔다.

"이제 잘 난다. 한 번 볼래?"

내가 그렇게 말하자 명길이는 흥분해서 재촉해댔다. 아직 수진이를 먹이지 못했기 때문에 물고기 한 마리를 잡아 오면 구경 시켜 주겠노라 했다.

명길이는 곧장 개울에 첨벙 뛰어들어 바위 밑을 뒤더니 금방 굵은 피라미를 잡아 왔다.

"그럼 네가 여기서 수진이를 데리고 있다가, 내가 방죽 위에서 피라미를 들고 휘파람을 불면 날리는 거야. 알겠지!"

수진이를 명길이에게 건네려고 하는데 잘 되지 않았다. 수진이가 나에게서 떨어지지 않으려고 하는 것이었다. 간신히 명길이의 왼쪽 팔등에 얹고 오른손에 리본을 바투 쥐여주었다. 수진이는 몇 번 나에게로 건너오려 시도하다가 리본 때문에 불가능하다는 것을 알아차리고 이내 얌전해졌다.

나는 방죽 위로 뛰어올라 피라미를 높이 들고는 휘-익 휘-익 휘-익 휙휙휙 하고 어미 매 소리를 흉내 내어 휘파람을 불었다.

명길이가 수진이를 날렸다. 녀석은 파닥파닥 힘차게 날갯짓을 하면서 순식간에 아주 높이 치솟았다. 내 머리 위를 지나쳤다. 나는 고개를 뒤로 젖히고 녀석을 올려다보았다. 녀석은 벌써 높은 하늘에서 날개를 멈춘 채 천천히 선회하고 있었다. 날개 아래쪽으로 유조들에게만 있는 갈색 얼룩 줄무늬가 도드라져 보였다. 녀석이 날개를 놀리지 않고 바람을 탈 때는 작은 비행기를 올려다보는 기분이었다.

나는 피라미를 든 손을 높이 치켜올리면서 다시 한번 휘파람을 세게 불었다. 녀석은 날개를 수평으로 펼치고 마치 종이비행 기처럼 나를 향해 미끄러지듯 다가왔다. 내 손은 스치지도 않고 정확하게 피라미를 낚아챘다. 그러고는 방죽에 내려앉았다. 방죽 아래에서 명길이가 탄성을 내지르며 박수를 보냈다.

재미있게 놀면서도 가슴 한구석을 비집고 들어오는 걱정거리 때문에 나는 이따금 침울해졌다. 걱정거리란 다름이 아닌 개학이었다. 나에게 개학은 엄마가 토란 줄기를 다듬고 있을 때 맑은 하늘에 갑자기 몰려드는 검은 구름장이나 다름없었다. 한순간에 모든 것을 망쳐놓아 버리니 말이다.

이제 수진이는 어떻게 할 것인가. 매번 그런 식이었다. 뭘 좀 제대로 해보려고 하면 벌써 개학인 것이다. 조류학자가 꿈인 나로서는 학교보다 숲에서 배운 게 많았는데! 학교에서 배우는 것들이란 도대체가 조류학자와는 별로 상관도 없는 것들 투성이였다. 어찌 보면 학교 교육이 아이들을 자연에서 멀어지게 하면서 진정한 학습이 불가능하게 만들어버린 것은 아닐까? 그런 생각도 들었다.

다음 주 월요일이면 개학이었다. 아직 다 하지 못한 숙제가 많았다. 하지만 예년과 달리 일기만은 꾸준히 썼다. 다른 해 이맘때면 일기를 지어내느라 고심했는데 올해는 달랐다. 수진이가 하루가 다르게 성장했기 때문에 매일 변화하는 모습과 행동도 모두 기록했다. 온통 매에 관해서만 적은 일종의 관찰일기가 된 셈이다. 일기 쓰는 것이 재미있었다. 일기가 과학적으로 참 잘 됐다고 스스로 생각했다. 마치 어느 조류학자의 기록 같다고 스스로 감탄했다. 일기를 읽어보면서 나는 몇 번이나 조류학자가 된 것 같은 기분에 사로잡히곤 했다.

선생님도 읽어보면 좋겠다!

지금까지 선생님한테 칭찬 들어본 적이 거의 없는데 어쩌면 이번에는 듣게 될지도 모른다는 기대에 부풀었다. 담임 선생님은 대학을 갓 졸업한 예쁜 여선생님이었다. 선생님의 머리카락은 참 길었고 반짝반짝 빛이 났으며, 선생님에게는 항상 달콤한 아카시아 향이 은은하게 배어났다. 개학하는 건 싫었지만, 선생님을 생각하면 어서 빨리 학교에 가고 싶었다.

개학

개학

발등에 불이 떨어졌다. 개학이 코앞에 닥친 것이다. 수진이
가 제일 큰 걱정이었다. 내가 없는 동안 개나 고양이, 족제비의
습격이라도 받을까 봐 마음이 놓이지 않았다.

창고에서 예전에 할아버지가 잉꼬를 키우던 새장을 찾아냈
다. 문짝이 떨어져 나가고 없었다. 궁리 끝에 그물 조각을 주워
다 잘라서 걸쳤더니 제법 쓸 만했다. 그물코를 고리에 걸었다 떼
었다 하면 충분히 문처럼 사용할 수 있었다. 시누대 줄기를 끼워
넣어 횟대도 마련해주었다.

수진이를 새장 안에 넣었다. 처음엔 주위를 두리번거리며 안
절부절못하더니 조금 있으니 진정된 모습이었다. 그러나 녀석
이 그렇게 좁은 공간을 배겨낼지 걱정도 되었다.

개학 날 학교에 가는데 자꾸만 뒤가 돌아봐졌다. 한쪽 마음은 한 달 만에 다시 보게 될 예쁜 선생님에게로 향하면서 다른 한쪽 마음은 수진이에 대한 걱정에 휩싸여 있었다. 설렘과 걱정이 몇 번씩 교차하면서 나중에는 아주 찜찜한 기분이 되어버렸다.

교실 안에서도 마찬가지였다. 개학 날 아침 교실은 장바닥은 저리 가라 할 정도로 왁자지껄했다. 아이들이 저마다 방학 때 있었던 일들을 목청 높여 떠들어댔기 때문이다. 나도 아이들에게 매 얘기를 들려주느라 열을 올렸다. 하지만 수진이 걱정에 금방 근심에 휩싸이고 말았다.

선생님이 문을 열고 들어서자 교실 안은 순식간에 조용해졌다. 단발머리였다. 방학 동안 머리카락을 자른 모양이었다. 반장의 구령에 따라 인사를 하고 나서, 선생님은 몇 가지 지시 사항들을 전달했다. 곧이어 방학 동안 교실 안에 먼지가 많이 쌓였으니 대청소를 해야 한다고 했다.

빨리 선생님한테 일기장을 보여주고 싶은데 도대체 일기장은 언제 걷는단 말인가!

지겹고 따분한 청소가 끝나고 마침내 선생님은 다른 방학 숙제와 함께 일기장을 걷었다. 수업은 없었다. 운동장 조회로 일과가 끝났다. 나는 자전거를 타고 쏜살같이 집으로 내달렸다.

초등학교는 걷기에는 좀 멀고 버스를 타기에는 차비가 아까운 그런 거리에 있었다. 걸어 다니는 아이들도 많았지만 버스를 타고 다니는 아이들도 있었다. 나처럼 자전거를 타는 아이들은 드물었다. 나는 걷는 것이나 버스를 타는 것보다 자전거를 타고 다니는 것이 훨씬 좋았다. 걸어가다 보면 버스를 탄 형들이 창밖으로 내다보며 야유를 보낼 때도 있었다. 그리고 아침 통학 버스의 경우는 군청 소재지에 있는 중학교로 가는 형과 누나들로 발 디딜 틈도 없이 미어터져 숨을 쉬기도 어려웠다. 게다가 버스는 아주 가끔, 30분이나 40분마다 한 대씩 왔으므로 한 번 놓치면 영락없는 지각이었다.

형이 떠나기 전에 자전거 타는 법을 배워둔 게 천만다행이었다. 나는 자전거를 타고 질주하는 것을 즐겼다. 느릿느릿 걸어가는 아이들을 휙휙 지나치고, 동네 앞마다 정차하는 버스를 추월할 때는 짜릿한 쾌감마저 느꼈다.

어느새 마을 앞의 다리에 도착해서는 자전거를 세워두고 개울로 내려갔다. 피라미 세 마리를 잡아선 갈대에 아가미를 꿰어 들고 집에 돌아왔다. 수진이가 '끼익 끼익' 하고 반겼다. 휘파람을 불며 새장에 피라미를 넣어주자 두 발로 꼭 움켜쥐고는 냉큼 먹어치웠다. 배가 무척 고팠던 모양이다.

수진이를 꺼내 발목에 리본을 채웠다. 손목에 앉힌 다음 리본을 바짝 쥐고 개울가로 나왔다. 아직 초등학교도 안 다니는 꼬마들이랑 하급생 아이들이 모래밭에서 소꿉놀이를 하고 있었다. 나는 그 아이들을 불러 모아 매가 나는 것을 구경시켜줄 테니 물고기를 한 마리씩 잡아 오라 했다. 아이들은 신나서 신발을 벗고 첨벙첨벙 개울로 들어갔다. 다들 허리를 숙이고 돌 밑과 물풀 속을 뒤졌다. 모내기하는 모습 같았다.

아이들이 차례로 물고기나 징거미 따위를 잡아 가지고 개울 밖으로 나왔다. 나는 비닐봉지를 하나 주워 아이들이 잡아 온 먹이를 담았다. 듬직한 앞집 영철이에게 날리는 법을 알려주고 수진이를 맡겼다. 비닐봉지에서 물고기를 한 마리 꺼내 방죽으로 올라갔다. 물고기를 흔들며 휘파람을 불었다. 수진이는 리본을 늘어뜨리며 날아올라 물고기를 채어 바닥에 내려앉았다. 명길이랑 몇 번씩이나 연습한 덕분에 이제는 노련했다.

아이들이 수진이 곁으로 몰려들었다. 나는 수진이가 먹는 모습을 가리키며 맹금류의 특징을 설명해주었다. '날카로운 발톱으로 먹이를 움켜쥐고…… 갈고리 같은 부리로 먹이를 찢어서……' 이런 식으로 설명하는 내가 제법 조류학자 같다는 생각에 어깨가 으쓱했다.

먹이를 다 먹어치운 녀석을 손목에 앉혔다. 내가 빨리 걸으면 수진이는 균형을 잡느라 발가락에 힘을 줬다. 그럴 때면 뾰족한 발톱에 찔려 살갗이 따가웠다. 그렇지만 즐겁기만 했다.

해거름 무렵 염소를 몰아들이고 외양간 문을 막 나서는데 눈앞에 불이 활활 타오르고 있었다. 노을이었다. 국사봉의 이마가 핏빛으로 물들어 있었다. 나는 수진이를 데리고 마당재로 뛰어 올라갔다. 노을 구경은 마당재만큼 좋은 곳도 없다. 할아버지는 해 질 녘에 맞추어 마당재에 올라가 노을을 기다리곤 했다. 노을이 그렇게 곱던 날이면 할아버지가 취한 듯이 되풀이했던 이야기가 떠오른다.

"노을이 왜 생기는지 모르지?"

"응."

"이 할아비가 젊었을 때인데 말이다. 국사봉을 넘었는데 거기 큰 호수가 있더란 말이여. 사방이 산이어서 아주 조용했지. 호숫물이 하도 맑아서 물속을 가만 살펴봤거든. 그런데 말이다, 비닐 조각같이 투명하고 기다란 헝겊이 물 위에 둥둥 떠다니는 게 아니겠냐. 나뭇가지로 헝겊을 건져 올려 만져봤지. 감촉이 부들부들한 것이 마치 구름 같지 뭐냐.

그 헝겊을 가져와서 빨랫줄에 널어놨지. 그런데 저 해의 끄트머리가 국사봉에 막 잠기려는 찰나에 국사봉 참매가 그 헝겊을 두 발로 움켜쥐고 날아가버리지 뭐냐. 참매가 국사봉에 도착했을 때 그 헝겊이 해에 닿아버렸던 거여. 그래서 불이 확 일어났지.

사람들은 멋모르고 구경만 했는데 나는 그 불이 왜 일어났는지 알고 있었던 거여. 그다음 날부터 꼭 그 무렵만 되면 노을이 생기더라. 그러니까 알고 보면 저 노을은 이 할아비 것인 셈이지. 나중에 내가 죽고 나면 저 노을은 네가 가지거라.

어허 이놈이 웃기는! 나중에 네가 좀 더 자라면 국사봉을 넘어가봐! 거기 호수에다간 내가 비단잉어도 수십 마리나 풀어놨어. 그것도 네가 가지거라."

할아버지가 그리웠다. 땅거미가 깔리기 시작했다. 국사봉 마루에서, 국사봉 비탈의 삼나무 숲에서, 한길 가에 줄 지어선 높다란 미루나무 우듬지에서, 동네 앞 느티나무 가지에서, 집집마다 높이 솟아 있는 오래된 감나무의 잎사귀에서, 마당재를 에워싼 나무들에서 땅거미가 주룩주룩 흘러내렸다.

해 질 녘의 숲에는 사람의 마음을 울적하게 하는 뭔가 있다는 생각이 들었다.

개밥바라기별이 잠깐 보였다가 옥녀봉 뒤로 숨어버렸다. 사방이 캄캄해질 때까지 나는 꼼짝도 하지 않고 그대로 앉아서 해가 넘어가고 개밥바라기별이 넘어간 옥녀봉을 건너다보고 있었다. 무섭다고 어서 집에 돌아가자고 재촉하는 것인지 수진이가 옆에서 찌익 찌익 낮게 울었다. 녀석의 머리를 쓰다듬어 달래고 나서 밤하늘을 올려다보았다. 닻별, 견우별, 직녀별, 선녀별, 짚신할배별, 짚신할매별, 북두칠성……. 할아버지가 가르쳐준 별자리를 다 구별해낼 수 있었다.

견우별이 똥을 찍 깔렸다! 할아버지는 언제나 그렇게 말했다. 별똥별이 국사봉 너머로 떨어지면, '별이 똥을 찍 깔리는구나!' 하고 말이다. 별똥별은 언제나 국사봉 너머로 떨어졌다. 다른 곳으로 떨어진 적은 한 번도 없었다. 할아버지는 국사봉 너머에 있는 호숫가에는 별똥별이 떨어져 수북이 쌓인 별똥 무덤이 수십 개나 된다고 했다. 어서 빨리 중학생이 돼서 국사봉을 넘어 보고 싶었다.

새벽부터 소란스러운 꾀꼬리, 뻐꾸기, 붉은머리오목눈이 무리, 박새들, 매미들의 소리에 잠이 깼다. 나는 부스스 일어나 세수를 하고 염소를 몰아 마당재에 올랐다. 나무가 적고 풀이 많은 곳을 골라 염소를 매어두고 집에 내려왔다. 전날 꼬마들이 잡아준 먹이를 새장에 넣어주었다. 아침을 서둘러 먹고 집을 나섰다. 아침에 일어나 염소를 산과 들에 매어놓고 아침밥 먹고 학교 가는 게 당시 내 아침 일과였다.

아침 공기가 상큼했다. 동네 앞 정류장에는 형들이랑 친구들이 버스를 기다리고 있었다. 보라는 듯이 정류장 앞을 쌩 지나쳐 달렸다. 버스는 정류장마다 멈춰야 해서 항상 나보다 늦었다.

수업이 다 끝나고 나서 선생님이 일기장을 나누어줬다. 머릿속은 온통 '선생님이 내 일기장을 읽어보셨을까. 일기는 원래 자기만 보는 거니까 안 읽어보셨을 수도 있어. 그래도 읽어보셨다면 좋을 텐데……' 하는 생각들로 가득했다.

뜻밖에도 선생님은 아이들을 번호순으로 한 명씩 불러내서 상담했다. 1학년 때부터 그런 선생님은 한 명도 없었는데 처음 있는 일이었다. '무슨 말씀을 해주실까?' 내 차례를 기다리는 동안 가슴이 콩닥콩닥 뛰었다. 선생님에게 그렇게 가깝게 다가가 오랫동안 단둘이 나란히 앉아 이야기를 나누다니! 아카시아 향기에 아찔해질 것이다. 상상만으로도 가슴이 벅찬 일이었다. 내 차례가 가까워질수록 심장이 점점 더 심하게 방망이질했다.

드디어 내 차례다. 다리가 후들거리기까지 했다. 쿵쾅거리는 심박 소리가 선생님에게 들킬까 봐 마음속으로 몹시 초조해하면서 선생님 곁에 앉았다. 앞이 캄캄했다. 숨도 제대로 쉬기 어려웠다.

"너는 애가 글씨가 이게 뭐니! 내일까지 국어책 첫 단원 다섯 번 써와!"

내 실망은 이만저만이 아니었다. 믿었던 선생님이 어떻게 이렇게 배반할 수 있단 말인가! 나는 조류학자를 꿈꾸는 소년인데……. 언젠가 위대한 조류학자가 되어서 관찰일기를 바탕으로 책을 쓰기도 할 텐데……. 세상에 글씨라니! 실망을 넘어서 원망과 분노가 북받쳐 올랐다.

과학 경시대회

과학 경시대회

하교하면 으레 쫓기듯 자전거를 쏜살같이 몰아 집으로 내달렸다. 마을 앞 다리 난간에 자전거를 기대어 세워두고 물고기, 개구리, 메뚜기 따위를 잡아 집으로 돌아가면 수진이는 끼익끼익 소리를 내며 반갑게 맞아주었다. 휘파람을 불며 먹이를 건네주면 녀석은 허겁지겁 먹어치웠다. 먹이는 아침 등교 전에 한 번 넉넉히, 그리고 하교하고 나서 몇 차례 주면 충분했다. 특히 하교 후에는 수진이를 새장에서 꺼내 데리고 다니면서 비행 연습도 시키고 먹이도 충분히 먹여주었다. 어느덧 그런 일과에 익숙해졌는데 골칫거리가 하나 생겼다.

10월 초에 시내에서 과학 경시대회가 열린다고 했다. 선생님은 학교 대표로 나갈 학생을 반에서 두 명 선정했다. 상급생 중에서만 한 반에 두 명씩 뽑아 과학 영재반을 만들 것이라고 했다. 우리 학교는 한 학년이 두 개의 반으로 이루어졌기 때문에 과학 영재반은 모두 합쳐봐야 열두 명에 불과했다. 우리 4학년만 하면 겨우 네 명이었고, 우리 반에서만 보면 두 명뿐이었다. 그러니까 자연 과목 성적이 반에서 2등 안에 들어야만 과학 영재반이 되는 것이었다. 거기에 들기는 '아주아주 대단히 굉장히' 어려운 일이었다.

그런데 놀랍게도 내가 그 과학 영재반에 들고 말았다! 우리 반에서 뽑힌 다른 한 명은 맨날 1등만 하는 여자아이였다. 그 애는 여학생으로서는 최초로 반장이 된 유명 인사이기도 했다. 반 아이들은 물론, 담임 선생님까지도 내가 자연 과목을 그렇게 잘했는지는 미처 몰랐다는 표정이었다. 부모님도 놀랐고, 누나는 순 거짓말일 것이라며 의심의 눈초리로 흘겨보기까지 했다.

모두가 내게 관심이 없었기 때문이다. 다른 과목은 약했지만 자연만큼은 나도 곧잘 했다. 더군다나 조류학자가 되기로 결심한 뒤로는 자연 과목에 흥미를 갖고 열중할 수 있었다. 그래서 4학년이 되어서는 자연만큼은 90점 밑으로 떨어져본 적이 없었다. 다른 과목을 못했기 때문에 빛을 발하지 못하긴 했지만 말이다.

'얌마! 과학 영재반도 못 돼본 주제에 까불기는!' 하면서 친구들 앞에서 으스대고, 엄마, 아빠, 그리고 누나에게 자랑할 때는 기분이 무척 좋았다.

그런데 문제가 하나 생겼다. 과학 영재반은 경시대회 전 한 주 동안 저녁 늦게까지 과학실에 남아 6학년 선생님의 지도를 받아야 한다는 것이었다. 일찍 집에 가서 수진이에게 먹이를 줘야 하고 염소도 몰아들여야 하는데 말이다. 염소는 조금 늦게 몰아들인다고 해서 큰일 나는 것은 아니지만, 수진이 먹이는 어떻게 한단 말인가. 아무리 궁리해봐도 수진이 때문에 방과 후 수업은 불가능했다.

나는 담임 선생님을 찾아가 과학 영재반에 참여하지 못하겠다고 했다.

"매라구? 염소라구? 이 녀석! 방학 때 그렇게 놀고도 모자라 또 놀러 다니고 싶은 거니? 으이구! 겨우 일주일인데!"

담임 선생님은 약간 짜증 섞인 목소리로 내 머리를 한 대 가볍게 쥐어박았다.

놀러 다니고 싶은 거라니! 수진이를 돌보아야 하는데! 아이들과 딱지치기나 구슬치기를 하고 싶어도, 텔레비전에서 〈타잔〉이나 〈미래 소년 코난〉이 보고 싶어도, 수진이나 염소가 배고플까 봐 참고서 그 모든 일을 해냈는데! 우리나라 교육이 이래서 엉망인 것이다. 진정한 과학은 저 넓은 들판과 숲에 있는데 말이다. 가만 있을 수 없었다!

"그게 아니라……."

나는 진정한 과학 정신에 대해서 큰 소리로 외치고 싶었지만 목소리가 기어들어버렸고, 선생님은 재빠르게 가로막았다.

"그게 아니긴! 어쩔 수 없어. 이미 명단이 6학년 1반 담임 선생님에게 넘어갔어. 그 선생님께 말씀드려봐!"

헉! 이렇게 비겁할 수가! 6학년 1반 담임 선생님이라면 악명 높은 호랑이 선생님이 아닌가. 그 선생님한테 잘못 걸리면 끝장이다. 6학년 형들이 체벌 받는 모습을 수도 없이 봤다. 엎드려뻗쳐를 시켜놓고 야구방망이로 엉덩이를 두들겨 패기도 했고, 운동장을 스무 바퀴나 돌리기도 했으며, 교문에서 쓰레기장까지 다섯 번이나 왕복하는 오리걸음을 시켰고, 구더기가 우글거리는 밑바닥으로부터 코를 찌르는 매운 냄새가 쉴 새 없이 솟아오르는 재래식 화장실 청소를 한 달 동안이나 시키기도 했다.

선생님에게 실망이었다. 손톱만큼 남은 환상까지 다 깨지고 말았다. 절망적이었다.

울며 겨자 먹기로 과학 영재반에 들어갈 수밖에 없었다.

다른 때보다 조금 더 일찍 일어나 개울가에 염소를 매어두고 나서 개구리나 메뚜기를 조금 넉넉히 잡아 새장에 넣어주고 학교에 갔다. 영재반 수업이 끝나면 땅거미가 엷게 깔려 있었다. 금방 어두워져서 개구리나 메뚜기를 겨우 몇 마리밖에 구할 수 없었다. 먹이를 가지고 염소를 몰아 집에 돌아오면 수진이가 반갑게 맞아주었다. 먹이를 넣어주면 허겁지겁 달려들어 뜯어 먹었다. 먹이가 부족하지 않나 걱정되었다. 종일 새장에 갇혀 있었을 생각을 하면 불쌍해 보이기도 했다. 아침저녁으로 한 번씩밖에 먹이를 줄 수 없는 현실이 안타까웠다. 그러나 경시대회가 끝나는 날까지는 그렇게 할 수밖에 없다.

6학년 1반의 담임인 영재반 선생님은 군사교육이라도 시키는 듯한 말투로 수업을 진행했다.

"여러분들은 우리 학교의 정예 요원들입니다."

정예 요원! 나는 그 말이 무척 마음에 들었다. 정규 수업이 끝나면 열두 명의 정예 요원들이 모두 과학실에 모였다. 영재반 수업은 실험 위주로 진행되어 지루하지 않았다. 학년에 상관없이 모두 같은 수업을 받았으므로 4학년이 따라가려면 특히 예습 복습을 철저히 해야 한다고 했지만 나는 예습 복습을 전혀 하지 못했다. 저녁밥을 먹고 선생님이 나누어준 교재를 읽어보려고 배를 깔고 누워 있으면 나도 모르게 까무룩 눈이 감겼고 눈을 떠 보면 벌써 아침이었다.

하지만 수업은 재미있기만 했다. 특히 우리 반 반장인 여자애와 짝꿍이 되어 나란히 앉았기에 수업 시간 내내 가슴이 콩당콩당 뛰었다. 실험하다가 가끔 손이나 팔꿈치가 살짝 닿을 때는 마치 온몸으로 전류가 찌릿 흐르는 듯했다.

윤정하라는 이름의 그 여자애는 우리 같은 시골 아이들과는 확실히 달랐다. 시골 아이들은 대개 햇볕에 새까맣게 탄 얼굴에

다가 콧물을 질질 흘리고 다니는데, 그 애는 피부도 하얗고 볼은 잘 익은 복숭아처럼 발그스름했다. 게다가 씩씩하기까지 했다. 여학생으로는 전교에서 최초로 반장으로 뽑혔다. 거수 투표였다면 그렇게 하지 못했겠지만 종이에 적어 내는 비밀 투표였기에 나도 그 아이에게 표를 던졌다.

우리 반에는 여자애들이 열세 명, 남자애들이 열여섯 명이어서 남자아이 중에서 제일 공부를 잘하고 운동도 잘하는 강동수가 반장이 될 줄 알았다. 왜냐하면 남자아이들 열여섯 명은 모두 남자애에게 표를 던질 것이기 때문이었다. 여자애가 교단에 올라 웅변을 할 때 남자아이들은 모두 야유를 보내면서 반장은 남학생이 되어야 한다고 주장했고, 여자아이들은 모두 여자애를 편들었다.

그러나 개표 결과는 정반대였다. 강동수의 표가 열세 표, 윤정하의 표가 열여섯 표가 나온 것이었다. 결과가 그렇게 나오자 모두들 당혹스러웠다. 특히 당연히 당선될 줄 알았던 강동수와 남자애들은, 배신자가 누구냐며 분통을 터트렸다. 하지만 내가 보기엔 모두 연극을 하는 것 같았다. 내 생각에는 남자아이들 열다섯 명과 윤정하 표가 당선 표 열여섯 표였으며, 여학생 표 열두 개와 자신의 것이 강동수의 표 열세 개인 게 틀림없었다. 그러나 남학생 중 윤정하를 찍었다고 자백하는 아이는 아무도 없었다.

강동수는 '이 선거는 무효다! 부정선거다! 재선거를 실시해야한다!'라고 혼자 강력하게 주장하다가 결국은 울음을 터트리고말았다.

나는 과학 영재반에서 신기한 것을 아주 많이 배웠다. 실험하면서 배우니까 머리에 쏙쏙 잘 들어왔다. 그중에서 물질의 비중에 관한 것이 특히 인상적이었다. 모든 물질은 비중이 서로 다르고, 같은 물질이라도 온도에 따라서 변한단다. 온도가 높아질수록 물질의 비중은 낮아지기 마련이라고 했다. 비중은 우리 주위에서 쉽게 확인할 수 있다. 가령, 세상에서 가장 흔한 공기가그 좋은 예다. 주위에는 눈에 보이지는 않지만 공기가 끊임없이움직이고 있단다. 뜨거운 공기는 비중이 낮아져 위로 올라가고차가운 공기는 비중이 높아 아래로 내려오면서 끊임없이 순환하는 것을 대류라 한다고 했다. 눈에 보이지 않아도 우리가 숨 쉬는 공기도 끊임없이 대류하고 있다는 것이다.

특히 물의 비중은 매우 경이로운 것이었다. 우리가 배운 온도와 비중의 관계로 보면 뜨거운 물은 위에 뜨고 차가운 물은 아래로 가라앉아야 옳은 것이었다.

"그렇다면 왜 얼음은 호수 바닥에서부터 얼지 않고 수면에서부터 얼까요?"

차가운 물일수록 아래에 가라앉고 따뜻한 물은 위에 뜨는데어떻게 얼음은 위에서부터 얼까? 담당 선생님이 낸 문제는 수수

께끼 같았다.

"물속에는 찬바람이 불지 않아 따뜻하지만 물 위는 찬바람이 불어 춥기 때문입니다."

6학년 형이 손을 들고 말했다.

"그렇다고 해도 따뜻해진 물은 위로 올라오고, 물 위에서 차가워진 물은 아래로 내려가서 대류를 일으키지 않을까요?"

선생님이 어림없는 말이라는 투로 반문하였다.

물에는 한 가지 비밀이 있었다. 상온에서 물의 비중은 온도에 반비례하지만 예외적인 온도가 있다고 했다. 4℃의 물의 비중이 0℃의 것보다 더 높다는 것이었다. 그래서 4℃ 정도의 물은 밑에 가라앉고 0℃의 물은 수면에 뜨게 되어 바닥보다 수면이 먼저 언다. 그것은 결국 아무도 알아맞힌 사람이 없었다.

비중에 관한 실험도 우리는 직접 해보았다.

먼저 선생님의 지시에 따라 스포이트로 투명한 기름을 빨아 들여 시험관의 3분의 1 정도를 채우고, 그 다음 같은 양의 투명한 물을 그 위에 떨어뜨렸다. 기름과 물 사이에 투명한 막이 생겨 이 두 가지 물질은 섞이지 않는다는 것을 육안으로도 분명하게 확인할 수 있었다.

"자, 여러분들은 물과 기름이 섞이지 않는다는 것을 보게 되었습니다. 그렇다면 아래와 위 어느 쪽이 물이고 어느 쪽이 기름일까요."

선생님이 질문을 던졌다.

"위쪽의 것이 물입니다!"

6학년 형이 큰 소리로 대답했다.

"왜 그렇게 생각하지요?"

"물을 떨어뜨리면서 시험관 안을 유심히 살펴보았는데 물이 기름 위에 쌓였습니다."

그 말이 맞는 것 같았다. 나도 역시 그렇게 대답할 수 있었는데 하면서 아쉬워했다. 나도 그것을 눈으로 확인했기 때문이다. 길바닥이나 세숫대야처럼 넓은 곳이라면 기름이 물 위에 뜨겠지만 시험관은 비좁아서 그런지 틀림없이 물이 기름 위에 뜨는 것을 내 눈으로 확인했다.

"그럼 또 다른 학생 없어요?"

선생님이 만족스럽지 못한 표정으로 다시 질문을 던졌다.

"위에 뜬 건 기름입니다."

이번에는 내 옆에 앉은 윤정하가 손을 번쩍 들고 씩씩하게 답했다.

"왜냐하면 깨끗한 스포이트로 위에 뜬 것을 조금 빨아들여 유리판 위에 떨어뜨려 냄새를 맡아본 결과 기름이었습니다. 만져보면 더욱 분명히 알 수 있습니다."

선생님은 6학년이나 5학년이 아니라 4학년 학생이 맞춰서 약간 당황한 기색이었지만 이내 흐뭇한 표정을 짓고는 수업을 이어나갔다.

"자, 여러분 잘 봤지요. 이처럼 물질의 세계는 눈으로 본 것만 믿어서는 안 되는 것입니다. 직접 성분을 분석하고 확인할 필요가 있는 것입니다. 여러분들은 눈에 보이지 않는 세계가 있다는 사실을 명심해야 합니다!"

눈에 보이지 않는 세계라! 형이 고안한 '눈에 보이지 않는 세계' 이론이 갑자기 떠올랐다. 그렇다면 월남 용사가 사는 세계는, 미치광이의 상상 세계가 아니라 공기나 물의 대류처럼 눈에 보이지 않지만 실제로 있는 세계인가. 야생 염소도 공기의 형태로 국사봉 기슭을 뛰어다니고 있단 말인가. 그런 것들은 내가 꿈꾸는 조류학자의 세계와는 어떻게 다르단 말인가. 아니면 같은 것인가. 나의 꿈은 보이지는 않지만 실제로 있다고 말할 수 있는가. 다시 머릿속이 복잡해지기 시작했다.

그때 마침 선생님이 만족스러운 얼굴로 윤정하에게 박수를 보내도록 명령했다. 6학년 형들도 5학년 형들도 모두 박수를 쳤고, 나도 있는 힘껏 박수를 보냈다. 그러면서 나는 마음속으로 윤정하를 내 첫사랑으로 결정했다.

그렇다고 해서 내가 바보같이 엉뚱한 공상이나 하다가 박수나 쳤던 것은 아니다. 나도 윤정하에게 잘 보이기 위하여 열심히 공부했다. 특히 생물 분야에서는 실력을 발휘할 수 있었다. 그중에서도 조류에 관한 항목에서는 나를 능가할 사람이 아무도 없었다. 5, 6학년 형들은 물론 어떤 면에서는 선생님도 나보다는 잘 알지 못했다.

나는 새의 발이나 부리만 봐도 새의 종류를 맞출 수 있었다. 육류를 먹는 맹금과 곡식을 먹는 핀치류와 과일을 먹는 새들은 당연히 부리 모양이 달랐고, 물에 사는 오리류와 종종걸음으로 주로 땅 위를 뛰어다니는 멧새와 나무줄기를 타고 다니는 딱따 구리들은 당연히 발가락 모양이 달랐다. 그런 것을 구분하는 일은 내게는 식은 죽 먹기였다. 그뿐만 아니라 나는 울음소리만 들어도 어떤 새인지 알아맞혀버렸다.

하지만 처음 들어보는 것도 많았고, 외울 것도 많았다. 선생님이 온갖 신기한 것들을 다 가르쳐주었기 때문이었다.

"기원전 아리스토텔레스가 조류를 여덟 개의 무리로 나눈 데서 조류분류학은 기원합니다. 아리스토텔레스는 조류를 다음과 같이 분류했습니다. 첫째 맹금류, 둘째 작은 새류, 셋째 핀치류, 넷째 딱따구리류, 다섯째 비둘기류, 여섯째 도요류, 일곱째 오리류, 여덟째 꿩류."

틀림없이 초등학교 4학년 때 나는 아리스토텔레스의 조류분류학을 배웠다. 나는 조류학자를 꿈꾸는 소년이었으므로, 그때 선생님이 가르쳐준 여덟 가지 분류를 다 외웠다. 지금까지도 하나도 틀리거나 더듬거리지 않고 그때와 똑같이 생생하게 외울수 있다. 내가 아리스토텔레스를 다시 만난 것은 중학교에 들어가서였다. 뜻밖에도 도덕 시간이었다. 나는 철석같이 아리스토텔레스라는 사람이 조류학자인 줄로만 알고 있었는데 알고 보니 철학자였다. 하마터면 도덕 선생님에게 아리스토텔레스는 철학자가 아니라 조류학자라 주장할 뻔했다.

경시대회는 형이 다니는 시내의 고등학교에서 열린다고 했다. 그날 아침 정예 요원들이 모두 기차역 앞에서 만나 함께 가기로 약속이 되어 있었다. 선생님은 시내의 역에서 기다리고 있다가 우리를 시험장으로 인솔할 예정이었다. 나는 소풍 가는 기분이었다. 나뿐만 아니라 영재반 형들과 친구들 그리고 윤정하도 들떴다.

하지만 당일 아침에 기분을 망치는 일이 생기고 말았다. 엄마가 삶은 달걀 두 봉지를 싸준 것이다. 한 봉지는 기차 안에서 정예 요원들과 나누어 먹고, 다른 한 봉지는 형에게 전달하라고 했다.

나는 삶은 달걀을 좋아해서 무척 잘 먹었다. 하지만 요즘 세상에 누가 기차 안에서 삶은 달걀을 까 먹는단 말인가. 형들과 친구들의 비웃음거리가 되고 말 게 눈에 보듯 빤했다. 그럴 수는 없다. 내 첫사랑 윤정하 앞에서 망신을 당하다니 말도 안 되지! 하지만 싫다고 말했다가는 아침부터 한바탕의 소동이 벌어질 게 분명하다. 엄마가 야단법석을 떨 것이고 곧이어 아버지의 불호

령이 떨어질 것이다. 침착하게 행동해야 한다. 내키지 않았지만 일단 달걀 봉지를 가방 안에다 받아 넣을 수밖에 없었다. 가다가 다리 밑에 버리거나 아니면 다시 가지고 와서 내 방 한쪽 구석이나 아니면 관측소에다가 감춰두고 아무도 몰래 하나씩 꺼내 먹을 계획이었다.

"나중에 형 오면 엄마가 다 물어볼 거야. 다 먹지 말고 한 꾸러미는 반드시 형에게 줘야 한다!"

잘 알지도 못하면서 엄마는 마치 내 속을 다 들여다보고 있다는 눈빛으로 쏘아보며 말했다.

뒤통수를 한 대 얻어맞은 기분이었다. 기차역까지 가는 내내 머리를 짜낸 끝에 좋은 생각이 떠올랐다. 그래! 진정한 골칫거리는 형의 달걀 꾸러미이다. 형에게 꾸러미를 전해주는 순간 누군가 '그게 뭐야?' 하면서 만져보면 어떻게 할 것인가. 검정 비닐로 된 봉지라 안에 무엇이 들어 있는지 볼 수는 없지만 혹시 형의 친구들이나 내 친구들이 만져보면 큰일이다. 나도 망신을 당할 테지만 형도 친구들의 놀림거리가 될 것이 틀림없었다. 그렇다고 형의 달걀을 버릴 수도 없는 일이 아닌가. 나중에 형이 집에 돌아왔을 때 엄마가 물어보면 모든 일이 탄로 날 게 분명하니까. 그렇다면 일단 형을 만나서 자초지종을 설명하고 해결책을 물어보는 거다. 그렇게 결정하고 나니 마음이 홀가분했다. 나는 형의 뜻에 따르기만 하면 되는 거다.

그제서야 나는 소풍 가는 기분을 회복할 수 있었다. 기차역 앞 구멍가게에서 과자를 사서 가방 안에 넣었다. 기차 안에서는 달걀 봉지가 다른 사람들 눈에 띄지 않도록 조심하면서 과자를 꺼내 맛있게 나누어 먹기도 했다. 진짜 소풍 가는 것이나 전혀 다를 바가 없었다. 시내의 역에 도착하자 선생님이 기다리고 있었다. 선생님을 따라 고등학교로 걸어갔고 이제 형을 만나기만 하면 됐다. 모든 일이 착착 순조롭게 진행되고 있었다.

　　한 시간 정도 일찍 도착해서 여유로웠다. 선생님은 열두 명의 정예 요원들을 이끌고 다니며 학교의 이곳저곳을 구경시켜 줬다. 지은 지 5년도 채 안 되는 새 학교라서 최첨단 시설이 완비되어 있다고 했다. 칠판도 오목칠판이라 난반사를 방지해서 학생들의 눈을 편하게 해준다나 어쩐다나 했지만 나는 그런 말은 하나도 귀에 들어오지 않았다. 나는 오직 1학년 2반, 형의 교실을 지나는 순간을 기다렸다.

　　그러나 1학년 건물을 코앞에 둔 지점에서 선생님은 늦겠다며 강당으로 방향을 돌렸다. 강당에는 벌써 무수히 많은 학생이 와 있었다. 기차에서 봤던 아이들도 있었다. 우리처럼 시골 학교에서 온 아이들도 많이 있었던 것이다. 시골 아이들은 대개 우리처럼 피부가 까맣고 덩치가 조그마해서 쉽게 구분이 됐다.

　　"여러분들은 시와 군을 대표하는 과학 영재들입니다. 우리 시군을 빛내고 나아가 대한민국의 기둥이 될 인재들입니다!"

시장이라는 할아버지가 먼저 인사를 했고, 그다음에는 시 교육청에서 나왔다는 할아버지가 일장 연설을 했고, 다음에는 그 고등학교 교장 선생님이 말씀하기 시작했다. 그 외에도 또 서너 명이나 되는 할아버지들이 일장 연설을 하기 위해 대기하고 있었다. 연설은 도무지 쉽게 끝이 날 것 같지 않았다. 좀이 쑤시기 시작했다. 오줌도 약간 마려웠다. 자리에서 일어서서 선생님을 향해 다급한 표정을 지어 보이며 화장실로 향했다. 오줌을 누고 나서 화장실에서 나와 재빠르게 강당 밖으로 빠져나갈 참이었다.

"어딜 가려고!"

마치 모든 계획을 알아차리고 있었다는 듯이 선생님이 앞을 가로막았다.

"좋아, 그럼 내게 줘! 내가 전해주지!"

형에게 전해줄 게 있다고 말하자 선생님은 대뜸 손바닥을 내밀며 내놓으라 윽박질렀다.

"거봐! 너 같은 녀석은 빤하지! 빤해! 쪼그만 게 농땡이나 치려고. 어서 자리에 가서 앉지 못하겠어!"

나는 조용히 다시 제자리에 돌아가 앉아서 지루한 연설을 들어야만 했다.

연설이 끝나고 우리는 강당에서 나와 배정받은 교실로 가서 시험을 치렀다. 시험 문제는 몹시 당혹스러웠다. 어이없게도 너무 쉬웠기 때문이다. 모두 정규 수업에서 배운 것들이었다. 학교에서 치르는 자연 시험 문제와 거의 비슷한 수준이었다. 영재반 수업에서 배운 것 같은 고차원적인 문제는 전혀 출제되지 않은 것이다.

당연한 일이다. 물질의 비중이니, 아리스토텔레스의 조류분류학이니, 아보가드로의 법칙이니, 헤켈의 진화 재연설이니, 판구조론이니, 주기율이니, 핵융합이니, 모르스 부호니 그런 것들이 초등학생 과학 경시대회에 나올 리가 있겠는가!

그런 것들은 나중에 내가 훨씬 더 자라서 중학교나 고등학교에 가서 치른 시험 문제에서 만날 수 있었다. 더군다나 대학을 졸업할 때까지 단 한 번도 써먹지 못한 것도 많았다.

나뿐만 아니라 윤정하는 물론 5, 6학년 형들까지도 시험을 치르고 나오면서 투덜거렸다.

선생님은 뽀로통해 있는 우리를 데리고 기차역 앞에 있는 중국집으로 갔다. 선택의 여지가 없이 모두들 자장면이나 짬뽕을 시켜 즐겁고 맛있게 먹었다. 오직 나만 안절부절못했다. 면발이 코로 들어가는지 입으로 들어가는지 알 수 없었다. 온통 형에게 전해주지 못한 달걀 봉지 생각뿐이었다. 아, 달걀 봉지!

모두들 그릇을 싹싹 비우고 나서 선생님을 따라 역사 안으로 들어갔다. 선생님이 표를 끊으려고 했다. 마지막 기회였다.

"선생님!"

나는 손을 높이 들고 크게 소리쳤다.

"또 너야! 그래 뭐야? 어서 말해봐!"

표를 끊으려다 말고 선생님은 못마땅한 표정으로 나를 돌아보았다.

"저는 시내에 볼일이 있습니다!"

"볼일이라니, 그래 무슨 볼일이야? 어서 말해보란 말이야! 쥐방울만 한 녀석이 농땡이나 치려고 말야. 오래간만에 시내 나왔으니 그냥 돌아갈 수 없다 이거겠지. 너 같은 녀석 마음은 내가 빤히 들여다보고 있어! 시내에 나와서 무슨 일 생기면 어떻게 되는 줄 알기나 해? 전적으로 내 책임이란 말이야! 잔말 말고 얌전히 집에나 들어가. 알겠어?"

선생님은 버럭 화를 내면서 6학년 형들에게 책임지고 나를 데리고 갈 것을 명령했다. 반드시 내가 우리 집에 들어가는 것까지 지켜봐야 한다고 강조했다. 만일 내가 중간에 새는 일이라도 생기면 모든 책임을 그 형들에게 묻겠노라 윽박지르기도 하였다. 집으로 돌아오는 내내 5, 6학년 형들과 친구들의 구박을 받고 눈치를 봤다. 앞 동네에 사는 형은 진짜 우리 집 대문 앞까지 따라왔다. 결국 내 가방 안에는 집에서 나갈 때 그대로 달걀 두 봉지가 고스란히 들어 있었다.

집 안으로 들어오자마자 휘파람을 불며 새장 안을 들여다보았다. 그런데.

새장이 텅 비어 있었다.

그물망으로 만든 문 한쪽에 틈이 생겨 있었다. 가슴이 덜컥 내려앉았다. 일주일 동안이나 갇혀 있었으니 얼마나 답답했을까. 눈물이 쏟아질 것 같았다. 도저히 견디기 어려워 그물을 젖히고 틈새로 빠져나간 모양이었다.

그깟 달걀 때문에 그렇게 고민하다니! 내가 윤정하에게 정신 팔려 시시덕거릴 때, 그깟 우스꽝스러운 실험이나 하고 있을 때, 수진이는 답답해서 몸부림쳤던 것이다!

참회의 눈물을 흘리며 수진이를 찾아 산으로 뛰어 올라갔다.

막막했다. 숲이 꽉 들어찬 산이 그렇게 넓어 보일 수가 없었다. 이 넓은 산 어디에서 날아다니는 매를 찾는단 말인가. 소리 높여 휘파람을 불며 미친 사람처럼 온 산을 헤맸다. 수진이는 보이지 않았다. 숨이 찼다. 속옷이 땀에 축축이 젖었다.

수진이는 이제 영영 떠났나 보다. 마당재에 털썩 주저앉아 멀리 국사봉을 건너다보았다. 노을은 여전히 고왔다. 국사봉 참매가 노을 속을 날고 있었다. 매들은 높은 곳을 좋아하니 어쩌면 높은 국사봉으로 갔을지도 모른다. 아침마다 애잔하게 울던 모습이 떠올랐다. 혹시 먹이가 부족했을까. 아침에 조금 일찍 일어나 먹이를 더 많이 잡아주고 갈걸. 후회도 됐다.

끼−익 끼−익

어디선가 귀에 익은 소리가 들린다고 생각했다. 마침내 환청까지 들리는 것일까.

끼─익 끼─익 끽끽

수진이다. 틀림없이 수진이의 소리다.

고개를 들었다. 수진이는 바로 내 뒤에 있는 오리나무 위에서 짖고 있었다. 나는 신나서 휘파람을 세게 불어댔다. 방아깨비 한 마리를 붙잡아서 높이 치켜들었다. 나무에서 팔짝 뛰어내려 날개를 펼치고 날아와 방아깨비를 채어 마당재에 내려앉았다. 내가 정신없이 날뛰는 동안 휘파람 소리를 듣고 내 뒤를 따라다니고 있었던 모양이었다. 수진이를 가두어 키우는 게 아니었다. 처음부터 밖에 풀어놓고 돌봐야 옳았다는 생각이 번뜩 들었다.

그 후로 수진이는 우리 집 바로 뒤에 서 있는, 하늘을 찌를 듯이 키가 큰 밤나무 우듬지에 앉아서 내가 학교에서 돌아오기만을 기다렸다. 오는 길에 앞개울에서 물고기나 방아깨비를 잡아 페달을 신나게 밟아 집으로 달려왔다. 마당에 서서 먹이를 치켜들고 휘파람을 불면 녀석은 어김없이 바람을 타고 내려와 손에 있는 먹이를 채어 내려앉았다. 밤나무에서 기다리기가 지루했는지 개울가까지 마중 나와 방죽의 미루나무 위에 앉아 있는 날도 있었다. 그런 날은 내가 개울에서 먹이를 잡는 동안 개울가의 자갈밭에 내려앉아 먹이를 재촉하곤 했다.

추석

추석

    토요일 오후와 일요일에는 수진이를 데리고 개울가로 나왔다. 우리는 비행 훈련을 신나게 했다. 녀석이 앉은 왼손을 높이 치켜들었다가 가볍게 빼내면 부드럽게 날아올랐다. 벌판을 한 바퀴 돌고는 다시 돌아와 내 손가락 횃대에 내려앉았다. 제법 오랫동안 몇 바퀴나 공중을 선회하다가 돌아오기도 했다. 이제 수진이와 나는 호흡이 척척 맞는 완벽한 비행단 듀오가 되어 있었다. 녀석은 고추잠자리가 가득한 황금빛 들녘을 훨훨 잘도 날았다. 나도 날개가 있어 녀석과 함께 하늘을 날아다녔으면 싶었다.

    실컷 날고 나서 수진이가 배가 고파질 무렵 나는 수정처럼 투명하게 여물어가는 개울물에서 물고기를 잡았다. 벌써 물이 무척 차갑게 느껴졌다. 녀석은 녀석대로 습지에서 개구리 사냥을 했다. 녀석은 물고기며 개구리를 허겁지겁 주는 대로 받아먹었다. 없어서 못 먹는 형편이었던 것이다.

벌써 추석이 며칠 앞으로 다가왔다. 우리 집은 큰집이어서 명절이 되면 친척들이 많이 왔다. 시내에 사는 작은아버지들, 작은어머니들, 삼촌들, 사촌들, 고모, 그리고 서울에 사는 당숙들과 당숙모들, 육촌들도 온다. 그중에서 제일 기다려졌던 사람은 서울에 사는 영호 삼촌이었다.

사실 영호 삼촌은 삼촌이 아니라 오촌 당숙이었다. 그러니까 서울에 사는 작은할아버지의 막내아들이었다. 삼촌은 내가 태어나기도 전에, 삼촌이 나만큼 어렸을 때 집안 형편이 어려워져서 잠시 우리 집에 맡겨져 지낸 적이 있었다고 했다. 그래서인지 삼촌은 명절 때면 어김없이 우리 집에 내려왔다.

추석 전날부터 친척들이 한둘씩 나타났다. 사람이 많으면 수진이가 놀라서 멀리 달아날 것 같아서 나는 녀석을 임시로 새장에 넣어두었다. 먹을 것을 잔뜩 넣어주었더니 얌전히 횃대에 앉아 있었다.

추석날 아침부터 나는 새장 앞에 떡 버티고 서 있었다. 보는 사람마다 '이 새가 무슨 새지?' 하고 물었다.

시청에서 근무하시던 당숙도 그렇게 물었다.

"매요."

"이게 매라고? 무슨 매가 이렇게 작아."

하기야 수진이는 비둘기 정도의 크기밖에 되지 않았다.

"작아도 매라니까요. 작아도 참새도 잡아먹고 쥐도 잡아먹어요."

"이건 비둘기야, 비둘기."

"당숙은 비둘기가 어떻게 생겼는지도 모른대요? 부리 끝이 저렇게 휘어진 비둘기도 있대요?"

당숙은 '그럼 매가 왜 이리 얌전해?' 하면서 새장에 손을 넣어 수진이를 만지려고 했다. 수진이가 놀랄까 봐 내가 말렸지만 아랑곳하지 않았다. 수진이는 끼−익 끼−익 소리 내면서 물러서는 듯하더니 갑자기 한 발을 내밀어 당숙의 손가락을 덥석 움켜쥐었다. 발톱이 바늘처럼 살을 뚫고 들어갔다. 금세 벌건 핏방울이 뚝뚝 떨어졌다. 당숙이 얼른 손을 빼려 했지만 수진이가 놓아주지 않고 파닥파닥 날갯짓을 했다. 내가 그물 사이로 손가락을 넣어 휘파람을 불며 주의를 돌리자 붙잡았던 손가락을 놓아주고 다시 얌전해졌다.

"진짜 매다. 매! 우와."

당숙은 놀란 듯 중얼거리며 손가락을 꼭 움켜쥐고는 한 걸음 물러섰다. 미안하기도 했지만 한편으로는 고소했다.

점심을 먹고 영호 삼촌과 개울가에 나왔다. 매를 삼촌에게

맡기고 방아깨비 한 마리를 잡아들고는 방죽에 올라섰다. 내가
방아깨비를 치켜들며 휘파람을 불자 녀석은 삼촌의 팔을 박차고
높이 날아올랐다. 삼촌이 보는 앞에서 녀석은 잘도 날았다. 녀석
이 높이 치솟아 올라 하늘을 선회하고 있을 때 나는 녀석을 향해
방아깨비를 힘껏 던졌다. 녀석은 곤두박질쳤다. 날개를 오므리
고 엄청나게 빠른 속도로 방아깨비를 향해 전진했다. 그러곤 공
중에 떠 있는 방아깨비를 두 발로 가볍게 낚아채어서 내 앞에 내
려앉았다.

"굉장하다!"

삼촌이 탄성을 질렀다. 한동안 놓아 길러서인지 녀석의 비행
솜씨는 이제 절정에 달해 있었다. 내가 없을 때는 날아다니는 새
를 잡아먹는지도 모를 일이다.

삼촌은 바짓가랑이를 걷어붙이고는 차디찬 개울물에서 물고
기를 잡았다. 나도 삼촌을 따라 돌 밑을 더듬었다.

"삼촌, 우리 누가 많이 잡나 시합하자."

"좋아."

해 질 녘이 되자 발이 떨어져 나갈 듯이 시렸다. 손은 불그레
하게 얼어 있었고 온몸이 오들오들 떨렸다.

"삼촌, 이제 그만 잡자."

"그래."

삼촌은 피라미는 안 잡고 이상한 물고기들만 잡았다. 돌고기

두 마리, 자가사리 한 마리, 그리고 기름종개 세 마리를 잡았다. 나는 피라미만 네 마리를 잡았다. 삼촌은 '야! 내가 이겼다!' 하고 만세를 불렀다.

"삼촌은 피라미는 한 마리도 못 잡았잖아. 수진이는 피라미를 잘 먹는데……."

사실 수진이는 물고기라면 종류를 가리지 않고 잘 먹었지만 나는 억지를 썼다.

"그럼 비긴 걸로 하자."

삼촌이 양보해줬다.

"사실 내가 이긴 거지만, 좋아!"

나는 마지못해 물러서주는 척 삼촌의 제안을 받아들였다. 수진이는 자가사리 한 마리와 피라미 한 마리를 먹고는 배가 부른지 끼–익 끼–익 소리를 내며 고개를 좌우로 흔들었다. 삼촌이 매를 흉내 내어 머리를 흔들어 보였지만 아주 어색했다. 삼촌도 그렇게 생각했는지 그만 웃음을 터트려버렸다. 남은 물고기를 갈대에 꿰어 들고 우리는 약속이나 한 듯 마당재로 향했다.

국사봉 위의 하늘에 여러 색깔의 노을이 층을 이루고 있었다.

"너 노을이 왜 생겼는지 알아?"

삼촌이 물었다.

"응."

삼촌은 의외라는 표정을 지었다. 나는 삼촌이 할아버지에게서 들은 이야기를 하려는 것이라 짐작했다. 오래전 아버지도 똑같은 질문을 해놓고는 내가 모른다고 하자 할아버지가 들려준 이야기를 했던 일이 생각났기 때문이다.

"왜 생겼는데?"

나는 웃으면서 '삼촌도 할아버지가 해준 이야기하려고 그러는 거지?' 하고 말했다.

"그걸 어떻게 알아?"

삼촌은 약간 당황한 기색이었다.

"내가 모르는 게 어딨어?"

"······."

삼촌 표정이 갑자기 어두워졌다.

"할아버지 생각난다. 그렇지?"

"응."

우리는 턱을 괴고 어둠 속으로 천천히 사라지는 노을을 바라보며 우수에 잠겼다. 수진이는 옆에서 뭔가를 움켜쥐고 열심히 뜯어 먹고 있었다.

삼촌은 그날 저녁 비둘기호 열차를 타고 떠났다. 시내에 있는 역으로 가서 다시 9시 21분에 출발하는 통일호로 갈아타야 한다고 했다. 엄마와 나는 삼촌을 보내고 역을 나섰다. 마을로 들어가는 마지막 버스가 오려면 아직 30분이나 남았다. 한가위의 둥근 달이 환한 얼굴로 내려다보고 있었다.

"그 개구쟁이가 벌써 저렇게 자라버렸어."

엄마가 침묵을 깨고 이야기를 시작했다.

"삼촌이 개구쟁이였어?"

"응, 너만큼이나. 네 할아버지나 아버지한테 숱하게도 야단을 맞았지."

엄마는 삼촌의 어렸을 적 이야기를 이것저것 늘어놓았다. 삼촌은 올챙이를 돌고래라 했단다. 개울에서 올챙이를 발견하기라도 하면 비닐봉지에 잡아넣어 가지고는 '형수님, 내가 돌고래를 잡았어요. 내가 돌고래를 잡았다!' 하면서 집으로 달려오곤 했단다. 그러면 할아버지는 '야, 이 서울 촌놈아, 요것은 돌고래가 아니라 올챙이야, 올챙이! 올챙이가 커서 개구리가 되는 거야'라고 핀잔을 줬단다. 그래도 삼촌은 몇 번을 더 올챙이를 돌고래라 했단다. 다음에 삼촌이 오면 놀려줄 생각으로 엄마가 들려주는 얘기를 하나도 놓치지 않고 귀담아들었다.

할아버지가 돌아가실 때 마침 방학이라 내려와 있던 삼촌이 닭똥 같은 눈물을 뚝뚝 떨어뜨리던 모습이 문득 떠올랐다. 그러고는 막차가 왔다.

다음 날 아침 나는 수진이를 다시 놓아주었다. 수진이는 밤나무 꼭대기로 날아 올라가서 끼—익 끼—익 짖으며 학교 가는 나를 배웅했다.

뱀 사냥

뱀 사냥

늦은 가을의 일요일이었다. 수진이를 어깨에 얹고 추수가 끝나 텅 빈 논으로 나갔다. 높은 곳으로 오르는 본능이 있는지 어깨 위에 가만 있으려 하지 않고 자꾸만 머리 위로 펄쩍 뛰어올랐다. 녀석은 내 정수리에 앉아서 날개를 활짝 펼쳐 균형을 잡았다. 발가락으로 두피를 움켜쥐기도 했다. 발톱이 찔러서 약간 따가웠지만 녀석이 재롱 부리는 게 좋아 끌어내리지 않고 내버려뒀다.

들판 저편으로부터 불어오는 바람에서 신비로운 향기가 묻어났다. 개울 건너 농가 마당에 서 있는 은행나무의 샛노란 이파리들이 바람에 파르르 떨리고 있었다. 가슴속에서 무엇인가 빠져나가버린 듯 허전한 기분이 들었다. 산비탈 여기저기에서 투두둑 굵은 도토리 알이 떨어지는 소리가 들렸다. 다람쥐 울음소리는 한참 높이 솟구치고 있었다.

논두렁 하나를 막 넘으려는 참이었다. 수진이가 갑자기 머리 위에서 뛰어내려 4, 5미터 앞에 내려앉았다. 그리 크지 않은 유혈목이었다. 녀석은 두 발로 뱀의 머리를 움켜쥐었다. 뱀의 머리는 길고 통통한 몸집에 비해 유독 작아 보였다. 뱀의 머리는 수진이의 두 발 안에 고스란히 쥐어졌다. 뱀은 꼬리를 뒤흔들고 몸을 뒤틀며 필사의 저항을 했지만 수진이는 아랑곳하지 않고 뱀의 머리를 순식간에 먹어치워버렸다. 머리가 없어져도 뱀의 몸통은 계속해서 비비 꼬이며 요동쳤다. 머리를 뜯어 먹고 난 수진이는 점점 아래로 뱀의 살을 파 먹어 내려갔다. 뱀의 꼬리는 새끼손가락만큼 남았을 때까지도 끈질기게 꿈틀거렸다. 녀석은 뱀의 머리부터 꼬리까지 깨끗이 먹어치웠다. 살점을 정교하게 발라낸 뼈다귀만이 바닥에 앙상하게 펼쳐져 있었다.

모든 것이 순식간에 끝나버렸다. 수진이가 허기에 제정신이 아닌 것 같았다. 그도 그럴 것이 날씨가 쌀쌀해져서 그즈음에는 개구리나 방아깨비 찾기가 쉽지 않았다. 물이 너무 차서 물고기 잡기도 힘들었다. 엄마가 찌개를 끓이려고 시장에서 사 온 고깃덩어리 한 조각을 몰래 훔쳐다가 녀석에게 먹여버린 적도 있었다. 엄마가 추궁했지만 시치미를 뚝 뗐다. 엄마는 모든 사실을 눈치채고 있었을 것이다. 하지만 수진이가 식량난으로 위기에

처해 있다는 걸 알았기에 눈감아주는 것 같았다.

　뱀까지 사냥하다니. 이젠 녀석이 다 컸다는 생각에 뿌듯했
다. 한편으로는 왠지 모르게 서운한 마음이 들었다.

작별 인사

작별 인사

가을이 깊어가면서 기온이 급강하했다.

수진이가 걱정됐다. 며칠 사이 수진이의 울음소리가 부쩍 가날프고 쓸쓸하게 들렸다. 녀석은 여름 철새인 모양이었다. 뒷산에서 날아다니던 다른 두 마리 형제와 어미 매들이 몇 주 전부터 보이지 않았다. 따뜻한 남쪽 나라를 향해 떠난 것이라 짐작했다.

그날 아침에는 어디서 나타났는지 녀석 근처에 다른 매 한 마리가 얼씬거렸다. 녀석은 수진이 같은 유조가 아니었다. 유조라면 수진이처럼 가슴팍에 갈색 얼룩 줄무늬가 있어야 하는데, 녀석은 가슴팍이 부드러운 황갈색 깃털로 덮여 있는 성조였다. 멀리 보아서 눈동자까지는 구분할 수 없어 암수를 판별하기는 어려웠다. 둘이 어떤 관계인지는 알 수 없었지만 벌써 아주 친해진 것처럼 함께 곡예비행을 하면서 장난질까지 했다. 샘이 날 만큼 다정해 보였다.

그날따라 수진이의 비행이 유독 멋있어 보였다. 지금껏 나에게 보여준 비행 중에서 가장 우아한 모습이었다. 우리 집 마당 상공 위에 높게 떠서 몇 바퀴를 빙그르르 도는 멋진 모습은 내게 어떤 메시지를 보내는 것처럼 보이기도 했다.

나도 함께 놀고 싶었지만 지각하지 않기 위해 자전거를 세게 몰아 학교로 달렸다. 그런데 이상하게도 수업 시간 내내 수진이의 모습이 눈앞에 어른거렸다. 정체 모를 불길한 기분에 휩싸였다.

돌고 생각도 났다. 3학년 때까지만 해도 나에게는 귀여운 고양이가 한 마리 있었다. 녀석 이름이 '돌고'였다. 장난치다가 작은 돌멩이를 삼킬 뻔한 적이 있었기 때문에 '돌을 삼킬 뻔한 고양이'라는 의미로 내가 지어준 이름이었다. 식구들은 '나비'라고 불렀지만 나는 '돌고'라 불렀다. 내가 새를 관찰하러 산에 갔다가 주워 온 미아였다. 쥐약을 먹었는지, 병이 들어서인지, 아니면 배가 고파서인지, 풀밭에 쓰러져 죽어가는 목소리로 울고 있는 걸 데려왔다. 엄마는 살쾡이 새끼가 틀림없다면서 어서 제자리에 갖다두라 했다. 그렇게 하지 않으면 밤에 어미가 찾으러 내려와 소란을 피울 거라고 야단이었다.

나는 기어이 엄마를 이겨내고 녀석을 길렀다. 돌고는 무럭무

럭 자랐다. 녀석은 나를 무척이나 따랐다. 녀석을 안고 마당재에
도 가고 앞개울로 나가서 물고기도 잡아 먹였다. 잠잘 때는 안고
잤다. 엄마는 털이 빠진다고 잔소리를 해댔지만 돌고 없이는 잠
이 오지 않는 걸 어쩔 수 없었다. 한밤중에 아무도 몰래 일어나
돌고를 방 안으로 데려오곤 했다.

그런데 어느 날 밤부터 밖에서 다른 고양이 소리가 들려오기
시작했다. 돌고는 집을 나가는 일이 잦아졌다. 사라졌다가 돌아
오기까지의 간격도 점점 길어졌다. 어느 날 아침에는 길고양이
한 마리가 돌고와 함께 아침을 먹고 있었다. 그날 학교에서 돌아
와 보니 돌고가 없었다. 그 뒤로 녀석은 돌아오지 않았다.

수업이 끝나자 방아깨비 한 마리를 방죽의 풀밭에서 겨우 찾
아내 주머니에 넣고, 자전거를 힘차게 몰았다. 방죽에서 집까지
그렇게 멀게 느껴지기는 처음이었다. 그날따라 자전거도 잘 나
가지 않는 것만 같았다. 밤나무를 향해 방아깨비를 흔들며 휘파
람을 불었다.

수진이는 튀어나오지 않았다. 늙은 밤나무는 가을바람에 낙
엽만 우수수 날렸다. 계속 휘파람을 불어댔다. 돌개바람이 가지
를 흔들었다. 낙엽이 바람에 휩싸여 높이 솟아올랐다. 방아깨비
를 내던지고 뒷산에 뛰어올랐다.

마당재에 이르렀다.

머언 남쪽 하늘을 하염없이 바라다보았다.
너무나도 새파란 하늘이었다. 눈이 시렸다.
두 뺨이 축축해졌다.

잘 가라, 내 친구 수진아!
가슴속 깊은 곳에서 메아리치는 소리를 들었다.

국사봉 너머

국사봉 너머

다음 날 아침 여느 때처럼 책가방을 메고 집을 나섰다. 자전거를 타고 한참을 쌩쌩 달리다 보니 나도 모르게 학교와는 다른 방향의 길로 접어들어 있었다. 갱골이었다. 자전거를 덤불 속에 감추어두고는 국사봉을 향해 뛰었다. 내 두 다리는, 수진이가 날아갔을 국사봉 너머의 남쪽 하늘이 이끄는 길을 따라 힘차게 달리고 있었다.

계단식 밭과 과수원을 지나고 꾀꼬리들이 사는 굴참나무 숲을 지나가자 떨기나무들이 빽빽이 들어찬 숲이 나왔다. 가시덤불과 관목들이 뒤엉켜 있었다. 예전에 나무꾼들이 나무를 져 나르던 오솔길의 흔적을 찾아내기는 했지만 덤불이 들어차서 아무런 소용도 없었다. 덤불 사이를 헤치고, 때로는 무릎을 굽히고 바닥을 기었다. 거미줄이 얼굴을 덮쳤고, 가시가 뺨을 할퀴기도 했지만 쉬지 않고 정상을 향해 달렸다.

떨기나무 숲을 빠져나오자 늘씬하게 웃자란 교목 숲이 나타났다. 교목 숲은 누군가 인공적으로 조림해놓은 듯 잘 가꾸어져 있었다. 한쪽은 커다란 크리스마스트리같이 생긴 삼나무들이 숲을 이루고 있었으며, 다른 한쪽은 나무껍질이 온통 하얀 은사시나무들의 숲이 있었다. 거인처럼 큰 키의 나무들 위를 올려다보며 휘파람으로 수진이를 불렀다. 새는 한 마리도 보이지 않았다. 스산한 바람이 적막한 숲을 몇 번 흔들고 지나갈 뿐이었다.

교목 숲을 지나가자 깎아지른 듯한 바위투성이의 비탈이 나타났다. 월남 용사가 자주 목격됐던 곳이었다. 물기가 축축한 바위틈에는 처음 보는 양치식물들이 많이 눈에 띄었다. 국사봉에만 자라는 희귀식물일 수도 있다는 생각이 들었다. 뱀 허물도 보였고, 참매가 뜯어 먹다가 내버린 산토끼의 뒷다리도 뒹굴고 있었다. 짐승의 털과 뼛조각이 섞인 육식동물의 배설물을 발견했을 때는 혹시 호랑이나 곰이 사는 것은 아닐까 하는 생각에 다리가 후들거리기도 했다.

바위 비탈을 기어오르자 다시 관목 숲이 나왔다. 간혹 섞여 있는 소나무나 참나무도 그 숲에서는 떨기나무처럼 키가 작았다. 난쟁이 나라의 숲 같았다. 그 숲에는 가시덤불도 없고, 키 작은 나무들만이 성기게 자라고 있어서 능선을 따라 쉽게 올라갈 수 있었다. 작은 봉우리 몇 개를 지나갔다. 어떤 봉우리에는 마당재만큼이나 넓은 헬기장도 있었다. 그런 헬기장은 전쟁이 나면 군사 작전용으로 사용된다고 형한테서 들은 기억이 났다.

작은 봉우리 여섯 개를 넘고 나서야 국사봉 꼭대기에 도착했다.

바람이 거세게 불어 뺨을 할퀴었다.

정상에는 할아버지와 형에게서 말로만 듣던 커다란 암갈색 바위가 있었다. 마당재에서 눈을 부릅뜨고 올려다보면 보일 듯 말 듯 윤곽만 희미했던 바윗덩어리였다. 명길이네 소보다도 수십 배나 컸다. 바위의 옆부분은 가파르기가 수직에 가까워 마치 성벽 같았다. 하지만 표면은 밋밋하지 않았다. 울퉁불퉁한 표면 군데군데가 이끼로 덮여 있었으며, 금 간 틈에는 작은 나무와 풀도 자라고 있었다. 나는 암벽 등반가처럼 수직의 성벽을 타고 올라가기 시작했다. 아주 두꺼운 굴참나무를 타고 올라갈 때처럼, 바위틈에 손과 발을 쑤셔 넣고, 오른손, 오른발, 왼손, 왼발의 순서로 이동했다. 그리고 마침내 정상에 올랐다.

형의 말대로 윗부분은 하나의 거대한 의자 같았다. 킹콩이 앉을 수 있을 만큼 거대한 의자! 북쪽의 넓고 평평한 바닥은 킹콩이 엉덩이를 내려놓게 될 자리였고, 남쪽에 튀어나온 돌기둥은 등을 기대게 될 등받이였다. 반반한 자리에는 참매가 뜯어 먹고 버린 뼈다귀들이 굴러다녔고, 여기저기 새들의 배설물이 하얕게 묻어 있었다.

　바위의 가장 높은 부분으로 올라갔다. 의자의 등받이 윗부분에 해당하는 곳이었다. 비좁았지만 내가 서기에는 충분했다. 한 발짝만 내디디면 떨어질 수도 있는 벼랑이었지만 아무것도 두렵지 않았다. 나는 그 벼랑 위에 서서 빙그르르 돌며 세상을 내려다봤다.

　우리 동네도, 정미소도, 초등학교도, 중학교도, 이웃 동네도, 근방이 훤히 내려다보였다. 망원경을 가져왔더라면 시내까지도 볼 수 있었을 것이다. 끝도 없이 겹겹이 마을을 두르고 있는 산줄기들도 보였다. 국사봉보다 높은 봉우리는 하나도 없었다. 모든 것이 내 발밑에 있었다. 구름을 밟고 서 있는 것이나, 혹은 새들의 발목에 매달린 바구니를 타고 두둥실 떠다니는 것이나 다름없었다. 하늘을 선회하는 매가 되어 세상을 내려다보는 기분이었다.

　남쪽에서 마파람이 거세게 불어왔다. 나는 눈을 치뜨고 바람을 정면으로 바라봤다. 매가 활상할 때 날개를 펼치는 것처럼 두 팔을 활짝 뻗어 올렸다. 슛슛 소리를 내며 겨드랑이 사이로 바람이 빠르게 빠져나갔다. 두 팔이 날개처럼 느껴졌다. 상승기류를 타고 정지 비행을 하는 기분이었다. 우주인들처럼 지구 중력의 6분의 1밖에 되지 않는 달의 표면에 서 있는 기분이었다. 발을 살짝 구르기만 하면 그대로 하늘로 둥실 떠오를 것 같았다. 짧조

름한 바다 내음이 마파람에 연하게 실려 왔다. 조금 시간이 흐른 뒤에는 바람에 묻어 있는 수진이의 깃털 냄새도 맡아냈다. 그 남풍에서 수진이를 분명하게 느낄 수 있었다. 나는 남쪽 바다 위의 하늘에 떠 있는 녀석의 모습을 생생하게 상상했다.

이제 발을 살짝 구르기만 하면 녀석을 뒤쫓아 날아갈 수 있었다.

막 발을 구르려고 하는 순간이었다.

매애애애애애애애애애애애애애애애애애애

갑자기 저 아래에서 야생 염소의 울음소리가 들렸다. 동네에서 듣던 것과는 달리 아주 가깝게 들렸다. 고개를 조금 수그리자 발밑으로부터 푸른 빛이 번쩍 솟구쳐 올랐다 사라졌다. 아래를 내려다봤다. 봉우리들 사이에서 푸른빛이 파도처럼 출렁거리고 있었다. 나무들의 초록색이 아니라 맑은 하늘색이었다. 나는 날개를 접고 물끄러미 내려다보았다. 호수였다! 할아버지가 말했던 그 호수! 산 아래 계곡에서 호수의 수면이 찰랑찰랑 빛을 반사하고 있었다.

나는 미끄러지듯 바위를 내려왔고, 비탈을 달려 내려가기 시작했다.

힘이 빠진 다리가 후들후들 떨렸다. 곧 넘어질 것만 같았다. 하지만 날아갈 듯이 팔짝팔짝 뛰었다. 나뭇가지가 뺨을 후려치기도 했지만 멈추지 않고 달렸다.

점점 가속도가 생겨 마치 날아가는 것 같았다. 이따금 발을 좀 더 세게 구르면 2미터 정도의 높이까지도 가볍게 튀어 오르는 것만 같았다. 진짜 날고 있는 것이나 다름없었다. 새가 된 기분이었다. 그네를 타고 하늘 높이 치솟아 오를 때와 같은 짜릿한 쾌감을 만끽할 수도 있었다.

그러나 쾌감은 잠시였다. 속도가 점점 더 빨라지면서 자전거를 타고 달릴 때보다 몇 배나 빠른 속력으로 달리고 있었던 것이다. 그때까지 내가 경험한 최고의 속도였다. 나는 두려움에 휩싸였다. 맥박수가 급격하게 증가했고, 아무것도 보이지 않고, 아무런 소리도 들리지 않았다. 멈출 수도 없었다. 돌부리나 등걸에 발이 살짝 걸리기라도 하면 적어도 30미터 정도의 높이까지 튕겨 올랐다가 내동댕이쳐져 버릴 것만 같았다.

그러나 그런 일은 없었다.

어떻게 내려왔는지는 생각나지 않지만 나는 안전하게 내려와 계곡 아래의 호수 앞에 서 있었다. 호수는 계곡을 막아 만든 일종의 저수지였다. 호수 안에서는 굵은 비단잉어가 떼를 지어 유유히 헤엄쳐 다니고 있었다. 할아버지가 풀어놓은 잉어가 틀림없었다. 가장자리의 수면에는 신비로운 먼지가 막을 이루고 떠다니고 있었다. 마치 얇은 천 조각처럼 말이다.

그리고 호숫가에는 사람의 힘으로는 들어 올릴 수 없는 커다란 바윗덩어리들이 차곡차곡 쌓여 돌탑을 이루고 있었다. 그런

돌탑이 수십 개나 됐다. 큼직큼직한 바위가 쌓인 모습은 마치 거대한 염소가 싸놓은 똥 덩어리 같았다. 거인이 쌓아놓은 것이 아니라면, 별똥별이 떨어져 쌓인 것일 수밖에 없었다. 그건 할아버지가 말한 별똥별 무덤들이었다! 할아버지가 들려준 이야기들이 대부분 사실이라는 생각이 들었다.

나는 고개를 치켜들고 주위를 둘러보았다. 새똥에 맞아서인지 매가 뜯어 먹고 버린 짐승의 뼈다귀처럼 앙상해진 나무들만 서 있는 야트막한 봉우리 하나가 보였다. 한걸음에 달려 올라갔다. 어떤 나무는 마른 가지를 엮어 만든 엉성한 둥지들을 열매처럼 주렁주렁 매달고 있었다. 여기저기 하얀 새똥이 묻어 있었다. 형이 말한 백로봉이었다. 나는 둥지 안을 들여다보고 싶어서 높이가 30미터도 더 되는 큰 소나무를 타고 올라갔다. 그 한 나무에만 둥지가 열일곱 개나 있었다. 가지 하나에 둥지가 세 개나 얹혀 있는 경우도 있었다. 굉장했다. 하지만 둥지는 전부 텅텅 비어 있었다. 백로의 하얀 깃 몇 개와 알 껍질 조각, 말라붙은 물고기 시체가 둥지에 남은 전부였다. 나는 30미터도 더 되는 소나무의, 위에서 일곱 번째 가지에 걸터앉아 그 모든 것을 자세히 살펴보고 있었다.

그때였다. 계곡의 저 아래쪽으로 뚫린 오솔길에서 모래 폭풍처럼 일어나는 흙먼지가 눈에 띄었다. 그런데 그 모래 폭풍은 점점 내 쪽으로 다가오고 있는 것이었다. 불길한 예감이 새처럼 눈앞을 스쳐 지나갔다. 나는 아까부터 나뭇가지에서 내 엉덩이로 전해지는 미세한 진동을 감지하고 있었다. 그것은 바람이 흔들어 만들어내는 진동이 아니었다. 나무를 많이 타고 올라본 사람이라면 모두 경험해봤겠지만 바람에 의한 진동은 사람을 기분 좋게 한다. 그것은 엄마가 요람을 흔들며 자장가를 불러주듯 사람의 마음을 편안하게 한다. 그러나 내가 아까부터 느끼는 진동은 분명히 그런 것은 아니었다. 그것은 누군가 악의를 가지고 나무 밑동에 발길질할 때와 같이 기분 나쁘고 불안해지는 진동이었다. 그러나 그때 나무 밑에는 아무도 없었다.

진동의 근원은 그 모래 폭풍이었다. 흙먼지는 빠르게 다가왔고, 그에 따라 진동도 점점 더 강하게 느껴졌다. 그것은 마치 야생마들이 무리 지어 달릴 때의 발굽 소리와도 같았다. 두그덕 두그덕 지축을 울리는 말발굽 소리!

지진이라도 일어나고 있는 것처럼 대지가 흔들리기 시작했다.

염소 떼였다!

수십 마리나 되는 흑염소들이 내 밑으로 빠르게, 모래 폭풍처럼 지나가버렸다. 야생마나 다름없는 속도로 순식간에 사라져버렸다. 녀석들이 일으킨 모래 폭풍은 지상에서 25미터 높이에 있는 나를 훌쩍 넘겨 30미터 높이의 나무 꼭대기에까지 치솟아 올랐다.

나는 온통 흙먼지를 뒤집어쓰고 있었다. 그러나 가슴이 떨려

먼지를 털어내지도 않은 채 그대로 나뭇가지에 걸터앉아 넋을 놓고 있었다.

한참 후에야 나는 정신을 차렸다. 더 이상 모래 폭풍도 보이지 않았고, 나뭇가지에서는 아무런 진동도 느낄 수 없었다. 나무를 타고 천천히 내려왔지만, 나뭇가지에 내려앉았던 흙먼지들이 부옇게 떨어져 내렸다. 바람이 살랑살랑 불어서 흙먼지는 쉽게 가라앉지 않았다. 나무 밑동에 서서 흙먼지 속에서 머리카락이며 옷에 들러붙은 먼지를 털어냈다. 바람이 살짝 불 때마다 흙먼지가 뭉게뭉게 피어올라서 내 몸에서는 털어도 털어도 흙먼지가 떨어져 내렸다. 지독한 모래 폭풍이었던 것이다!

내가 캑캑거리며 흙먼지를 털어내느라 정신이 없을 때였다. 아마도 염소 떼가 지나간 지 30분 정도 지난 뒤였을 것이다. 약간 센바람이 불어 다시 흙먼지를 부옇게 일으켜놓고 지나갔다.

갑자기 이상한 소리가 들렸다. 고개를 들어보았지만 흙먼지가 안개처럼 깔려서 바로 눈앞도 잘 분간이 안 됐다. 헉헉거리는 듯하기도 하고, 쩝쩝거리는 듯하기도 하고, 질질 끌리는 듯하기도 한 기이한 소리가 먼지 속에서 유령처럼 가깝게 다가오고 있었다. 머리털이 쭈뼛쭈뼛 일어섰다. 그 소리가 점점 가까워지고, 먼지가 조금씩 가라앉으면서 어떤 형체가 희미하게 보이기 시작했다.

맙소사! 월남 용사였다!

나는 월남 용사의 눈을 정면에서 마주 보고 있었다. 사지가 뻣뻣하게 굳었다. 식은땀이 주르륵 이마를 타고 흘러내렸다. 그는 낮게 헉헉거리는 소리를 내며, 가끔 입맛을 쩝쩝 다시며, 마치 유령처럼 자신의 몸을 질질 끌고 다가오고 있었다. 정면으로 나를 응시하면서!

그러나 그가 바로 앞에 다가왔을 때, 나는 그의 동공이 풀려 있음을 알아챘다. 그는 넋이 나간 사람이었다. 정신은 어디로 빠져나가 버리고 그의 몸만이 염소 떼가 달려간 길을 따라, 뭔가에 질질 끌리듯 앞으로 나아가고 있었다.

그는 바로 앞에 서 있는 나를 보지 못했다. 나뿐만 아니라 다른 어떤 것도 보지 못하는 듯했다. 그의 몸뚱어리는 오로지 염소에게 빼앗긴 영혼의 힘에 이끌려 걷고 있었다. 그는 월남 용사의 껍데기인 셈이었다. 껍데기가 내 옷깃을 스치고 지나갔다.

그는 정말로, 내 눈에는 보이지 않는 다른 세계에 빠져 있는 사람이었다! 형의 이론이 맞아떨어졌다는 생각이 번뜩 들었다.

껍데기 월남 용사의 모습은 가관이었다! 등에 멘 군장은 엉덩이까지 흘러 내려왔고, 군화 끈도 풀려서 땅바닥에 질질 끌렸다. 모자챙은 뒤로 돌아간 상태였고, 허리춤으로는 땀에 절어 누렇게 갈변된 속옷이 비어져 나와 축 늘어져 있었다. 어깨에 멘 총은 거꾸로 돌아가 총구가 땅바닥을 향했는데, 잔뜩 구부러진 허리 때문에 총구가 이따금 땅에 끌리기도 했다. 월남 용사는 그

렇게 패잔병 같은 행색으로 군홧발을 질질 끌면서 모래 폭풍이
달아난 고갯마루 너머로 사라져갔다.

붉은배새매의
기억

붉은배새매의 기억

이제 내 이야기를 마무리할 때가 되었다.

나는 누나처럼 군내버스를 타고 다니면서 중학교를 졸업했고, 형처럼 시내에서 하숙하면서 고등학교를 마쳤다. 서울에 올라와서는 대학 기숙사에서도 살았고, 산동네 무허가 주택과 반지하방, 옥탑방을 옮겨 다니며 자취 생활을 했다. 물론 방이 두 개나 있는 다세대 주택에 세를 들기도 했고, 방이 세 개나 되는 아파트에서도 살았다.

오랜 세월이 흘러간 것이다. 그렇게 무수히 많은 집들을 옮겨 다니며 나는 자주 향수병을 앓곤 했다. 특히 이사를 떠나기 직전이나 이사를 하고 난 직후에는 고향 생각이 몹시 간절해져서 심장에 통증이 느껴질 정도였다. 그런 날은 밤에 잠이 오지 않아 뜬눈으로 지새워야 했는데, 불이 꺼진 캄캄한 방 안에 혼자 누워서 가만히 천장을 올려다보고 있노라면 먼 하늘에서 들릴 듯 말 듯 가느다란 새 울음소리가 새어 들어오는 것이었다. 밤을 새워 고향을 찾아가는 철새들의 울음소리였다.

그 새들은 그렇게 캄캄한 밤에도 별자리의 안내를 받아 길을 찾고, 낮에는 태양의 편광으로 방향을 가늠한다. 또 어떤 새들은 자기장이 인도해주기도 한다. 지도나 나침반도 없이 그런 식으로 철새들은 수백 수천 킬로미터를 밤낮으로 날아서 고향으로 돌아가는 것이다. 북극제비갈매기들 같은 경우는 3만 8천 킬로미터나 되는 창공을 가로질러 매년 남북극을 왕복한다고 한다.

그런 생각을 하다 보면 어김없이 그 시절을 함께 보낸 수진이가 생각나곤 하는 것이었다.

'그 녀석도 철새니까 별자리를 보고, 태양의 편광에 의지하고, 자기장을 감지하면서 강을 수십 개나 건너고, 평야 지대를 거쳐서 산맥을 넘고, 대륙을 가로지르고, 망망대해를 건너서 수십 일에 걸쳐서 자기가 나고 성장한 고향과 자바섬을 오가겠지. 어쩌면 지금쯤 자바섬에 도착했을지도 몰라. 아냐 아냐, 벌써 그렇게까지 멀리 갔을 리가 없지. 아마 타이완쯤에서 잠시 내려앉아 개구리를 잡아먹고 있을 거야. 아냐 아냐, 지금쯤 녀석은 비행의 고수가 됐을 텐데. 적어도 마닐라 근처까지는 갔을 거야. 아냐, 의외로 그때처럼 늦게 출발해서 이제 겨우 상해에 도착했

을지도 모르지.'

라고 혼자서 헤아려보곤 했다.

분류학적으로 보면 녀석은 수리목 수리과의 '붉은배새매'라는 종이며, 비교적 흔한 여름 철새이고, 천연기념물 323-2호로 지정돼 있다. 학명은 Accipiter soloensis라고 하는데, Accipiter는 '붙잡다'라는 뜻의 라틴어에서 유래한 것으로, 매를 의미하며 분류학적으로는 새매속을 지칭한다. soloensis는 인도네시아의 자바섬 한가운데에 있는 solo라는 지명에서 유래했다고 한다. 공식적인 기록에 의하면 녀석은 인도네시아의 자바섬에서 처음으로 채집된 새인 것이다. 그래서인지 녀석이 매년 자바섬과 내 고향 사이를 오가고 있으리라는 생각이 들곤 했다.

내가 녀석의 분류라든가 학명을 그렇게 자세히 알게 된 것은 대학 1학년 때의 늦은 가을이었다. 초급 중국어 시간이었다. 나는 고등학교 때 제2외국어로 독일어를 선택했으므로, 중국어는 생전 처음 배우는 것이었다. 그 수업을 듣는 다른 학생들도 대부분 처음으로 중국어를 배우는 처지였다. 그래서 우리는 마치 초등학교 1학년생들처럼 매시간 교수님이 발음하는 대로 따라서 큰 목소리로 책을 읽어야 했다.

학기 초에 제1과 '나는 학생입니다'에서 시작했던 진도는 이제 제12과 '당신은 중국에 가본 적이 있습니까?'를 나갈 차례였다. 대학에 들어오면서 부모님으로부터 완전히 독립했으므로,

등록금과 생활비를 벌기 위해 밤늦게까지, 늦으면 새벽까지 아르바이트해야 하던 나는 수업 시간이면 꾸벅꾸벅 졸기 일쑤여서 그때 배운 중국어는 거의 기억나지 않는다. 하지만 그날 수업 내용만큼은 분명하게 기억이 난다.

你去过中国吗？　　　 – 당신은 중국에 가본 적이 있습니까?

是的, 去过几次。　　 – 네, 몇 번 가봤어요.

不是的, 一次都没去过。 – 아닙니다, 한 번도 못 가봤어요.

你是坐飞机来中国的吗？– 당신은 비행기를 타고 중국에 왔습니까?

是的, 我是坐飞机来的。 – 네, 저는 비행기를 타고 왔습니다.

不是的。我是坐船来的。 – 아닙니다. 저는 배를 타고 왔습니다.

你是什么时候来上海的？– 당신은 언제 상해에 왔습니까.

昨天来的。　　　　　 – 어제 왔어요.

几个月前来的。　　　 – 몇 달 전에 왔어요.

　그날따라 나는 열을 올리고 목청을 높여 책을 읽었다. 열중하여 읽다 보니 왠지 모르게 가슴이 서늘해지면서 눈물이 글썽글썽해지는 것이었다. 졸거나 하품하다가 눈에 눈물이 고인 적이 많았지만 그날은 분명히 다른 눈물이었다는 점을 나는 강조하고 싶다. 그때 창밖에서 시원한 바람이 살랑살랑 불어왔다. 날씨가 워낙 좋은 만추여서 강의실 창문을 모두 활짝 열어놓은 상태였다. 바람에서는 향기로운 냄새도 났다. 나는 묘한 기분에 사로잡혀서 창밖을 내다보았다. 강의실에서 대략 150미터쯤 떨어진 창밖에는 계수나무 다섯 그루가 나란히 서 있었는데, 마치 금화처럼 노랗게 물든 동그란 잎사귀들이 햇빛에 반짝거리며 찰랑대고 있었다. 잠시 후 약간 센 바람이 나무를 흔들고 지나가자 잎사귀들이 힘없이 떨어져 내렸다. 갑작스럽게 나무들이 앙상해졌다. 앙상한 나무를 물끄러미 바라보다가 나는 우연히 왼쪽에서 첫 번째 나무와 두 번째 나무 사이에 펼쳐진 플래카드 하나를 발견했다. 그 플래카드는 학교 동아리의 하나인 야생조류연구회에서 개최하는 전시회를 알리는 것이었다. 그날이 바로 전시회의 마지막 날이었다.

수업이 끝나자마자 전시회가 열리는 문화관 소강당으로 달려갔다. 다양한 종류의 새 사진과 박제들이 전시되어 있었다. 새에 관심 있는 학생들이 많지 않아서인지, 아니면 마지막 날이라서 그런지 관람객이라고는 나 혼자밖에 없었다. 한가해서 좋았다. 여유가 생긴 나는 노인처럼 뒷짐을 지고 먼저 사방의 벽에 걸린 사진들을 천천히 구경했다. 대부분이 내가 어린 시절에 관찰한 기억이 있는 종들이었다. 그러다가 나는 붉은배새매의 사진도 보게 됐다. 녀석의 사진 앞에 멍하니 멈추어 서서 잠시 옛생각에 젖고 있을 때였다. 3학년이나 4학년쯤 되어 보이는 한 여학생이 다가와 뭘 그렇게 뚫어지게 보느냐고 웃으면서 말을 걸었다. 나는 이 매에 대해서 자세히 알 수 없겠느냐고 물었다. 그러자 그 여학생은 왜 그러느냐고 물었고, 나는 수진이 이야기를 짧게 들려주었다. 그 학생은 '천연기념물을 기르셨다구요! 참 놀랍군요!'라고 말하며 사람 좋게 웃으면서 도감 몇 권을 펼쳐놓고 분류와 학명, 그리고 그 외에도 몇 가지의 과학적인 사실을 소개해줬던 것이다.

생각해보면 우리도 철새들과 별로 다를 바가 없다. 명절이되면 철새처럼 고속도로에 줄을 지어서 고향 앞으로 행진하지 않는가.

오랜만에 만난 고향 친구들은 대개는 이렇게 묻는다.

"이봐 친구! 조류학자가 됐어?"

라고 말이다. 친구들뿐이 아니다. 우리 동네는 물론 이웃 동네의 아저씨, 아줌마들도 그렇게 묻는다. 아주 오랜만에 보는 먼 친척들도 마찬가지다.

사람들은 말한다. 조류학자가 아니라면, 애완용 새를 파는 사람이나, 동물원 조류 사육사, 조류 전문 사진기자, 그것도 아니라면 새 모이를 파는 사람이나 하다못해 새똥 치우는 사람이라도, 어떻게든지 새와 관련된 일을 하는 사람이 되어 있을 것이라 믿었다고 말이다.

그래서 내가,

"작가가 됐어!"

라고 말하면 모두들 실망해버리고 만다.

　"어쩌다 그렇게 됐어? 저런 실망이군. 실망이야, 이 친구야!
에이, 조류학자가 됐더라면 틀림없이 성공했을 텐데 말야. 윤무
부라는 교수님처럼 텔레비전에도 자주 나왔을 텐데. 어쩐지 텔
레비전을 아무리 봐도 자넨 안 나오더란 말야. 윤 교수 그 양반
만 나오더라니! 그 양반은 유머 감각이 풍부하시기도 하지, 안
그래, 친구?"

라고 말하면서 내 어깨를 툭 친다.

　"새 이야기를 쓰는 작가가 됐어!"

라고 내가 말하면 그제서야 친구들의 얼굴이 활짝 펴진다.

　"그것 봐! 내 그럴 줄 알았지, 친구!"

라고 말하며 사람 좋은 너털웃음을 웃어주곤 다시 한번 내 어깨
를 툭 친다.

　아 참! 깜빡 잊을 뻔했는데 궁금해하는 사람들이 많을 테니
월남 용사 얘기도 잠깐 덧붙여야겠다. 사실 나도 염소 떼를 목격
한 그날 이후로는 그를 가까이서 본 적이 없다. 나는 1992년 서
울에 올라온 이후 30년 가까운 세월 동안 줄곧 수도권에서 살았
다. 그래서 월남 용사의 행방을 잘 알지 못한다. 그러나 고향 사
람들의 말에 따르면 그는 1993년 2월 문민정부가 출범한 이후

고향에서 감쪽같이 사라져버렸다. 어떤 사람들은 그를 광주에서 봤다고 했고, 서울에서 봤다는 사람들도 있었다. 물론 민간인 복장으로 사회생활을 하고 있더라고 했다. 하지만 구체적이거나 정확한 사실은 아무도 알지 못했다.

보이지 않는 세계를 좇는 매-소년의 여행

김미지

존재들의 우주 속으로

끝없이 광활하기만 한 우주에 대한 풍문은 오랜 세월 인간을 사로잡아왔고, 인류는 그 비밀을 찾으려 또 그만큼 오랜 시간을 달려왔다. 지구 바깥의 아득한 먼 곳들, 실체도 실루엣도 마냥 깜깜할 뿐인 먼 존재들을 향해 동경과 추파를 던지기에 여념이 없었던 것이다. 그곳은 얼마나 신비할까 아름다울까 놀라울까 상상하며. 그러나 이 자그마하나 웅숭깊은 소설 『붉은배새매의 계절』은 새삼 절실히 깨닫게 한다. 그 신비롭고 아름다운 우주는 우리 안에 그리고 우리 곁에 더 넓고 깊게 펼쳐져 있다는 것을. 곁에 있었고 한결같았음에도 우리가 얼마나 오랫동안 그것을 잊고 살아왔는가를. 아직도 우리 주변에는 새의 말을 알아들을 수 있었던, 새를 타고 세계를 일주하고 싶었던, 전설 속의 만화 속의 주인공 같은 소년이 존재한다는 사실을. 때까치, 붉은머리오목눈이, 굴뚝새, 동박새, 촉새, 휘파람새, 곤줄박이, 노랑턱멧새, 할미새, 직박구리, 호랑지빠귀, 찌르레기, 후투티, 물총새, 호반새, 꼬마물떼새, 홍머리오리, 흰뺨검둥오리. 이 고유한 색채를 내뿜는 아름다운 이름들을 되뇌며 소설 속 소년과 함께 여행하는 동안, 우리는 그 새들이 날아오르고 깃드는 시공간의 크기만큼 점점 커져가는 우주를 경험하게 된다.

  그 모든 게 한순간 일어났다.
  새들과의 대화가 불가능해져버렸고, 꿈은 닐스의 모험에서 조류학자로 바뀌었다. 형과 누나는 한꺼번에 나에게서 떠나버렸다.

『황금가지』의 작가 프레이저는 유년기의 인류가 곡식이 낫에 베어 쓰러질 때 지르는 비명 소리를 들을 수 있었다고 했다. 새의 말을 알아듣는 능력을 어느 순간 잃어버리고 말았다는 소년의 이야기는 자연 만물과 일체였던 인류의 먼 시원을 떠오르게 한다. 그러나 어쩌겠는가. 소년 소녀 그리고 인류는 자라고, 무언가를 잃어버리고 또 무언가를 얻으며 사는 것이 삶의 순리인 것을. 소년은 자라며 그 신비로운 태초의 힘은 잃었지만, 비둘기나 참새도 아닌 무려 천연기념물을 길들여 친구로 만드는 용기와 인내를 배웠고, 자신이 길들여 새장 안에 가둔 매도 언젠가는 창공으로 날려 보내야만 한다는 엄연한 진실을 배웠다. 한 발 앞서 어른들의 세계로 진입한 형을 통해서는 '좋아하는 일을 하기 위해서는 궂은 일을 해야 한다'는 순리를 터득했고, 새를 타고 하늘을 나는 닐스의 모험 대신에 조류학자라는 소박한(?) 꿈으로 타협할 줄 아는 지혜도 갖게 되었다. 『붉은배새매의 계절』은 이렇게 아이가 성장한다는 것이 마냥 아프거나 쓸쓸하거나 고통스럽기만 한 것은 아님을 아름다운 고유명들의 향연을 통해 펼쳐낸다.

비범한 교감의 순간

우리는 자연과 친구가 되고 동물과 교감하는, 자연과 일체인 상태를 추억하고 또 갈망하는 수많은 이야기들을 알고 있다. 원래 자연의 일부였던 인간의 잃어버린 고향과 그로 인해 궁핍해진 시대에 대한 이야기들도. 김옥성 작가의 『붉은배새매의 계절』은 인간이 추방해버린 자연과의 교감 능력 또는 일체감의 기억이자 잃어버린 그 세계에 대한 갈망의 기록이다. 그런데 까치도 비둘기도 까마귀도 아닌 매라니. 그 교감과 동지애의 주인공이 붉은배새매라는 이름도 생소한 천연기념물이라니. 이 소설의 비범함은 여기서부터 이미 예정된 일일 수밖에.

소설의 큰 줄기를 이루는 것은 초등학교 4학년이 된 소년 화자가 둥지에서 떨어진 아기 새를 온갖 정성과 노력을 기울여 어엿한 어른 새로 키워내는 과정이다. 언젠가 야생의 세계로 돌아가야 할 매와 언젠가 고개 너머 더 먼 세계로 나아가야 할 소년이 계절의 순환을 함께 호흡하고 한 걸음씩 세상을 향한 발걸음을 떼며 둘도 없는 친구이자 형제가 된다는 이야기이다. 어떻게 그런 일이 가능할 수 있을까? 처마 밑 둥지에서 떨어져 다리가 부러진 흥부네 제비 이야기도 아니고, 깊은 숲속 까마득한 상수리나무 위에 얹힌 둥지에서 떨어진 아기 매를 키우는 일이. 매는 소년 덕분에 목숨을 건지고, 소년은 어미 새마냥 매에게 밥을 먹여 기른다. "짐승들을 갈가리 찢어 먹을 킬러의 부리"를 가진 맹금을 겁도 없이 용감하게. 그러나 이 일은 단지 인간이 상처 입은 짐승을 거둬 살려준 일방적인 구조가 아니다. 소년은 애초에 이 운명적인 만남을 위해 자연에 의해 간택된 것인지도 모른다.

매의 깃이 일으키는 바람이 뺨을 스쳤다. 30센티미터나 아니면 20센티미터까지 접근했던 것 같다. (…)

기습 공격이다!

대처할 새도 없이 순식간에 날아와 내 머리를 툭 치고 지나갔다.

소년은 창공을 가르는 새의 황제를 처음 마주한 이때 한낮의 무료함을 깨부술 "어떤 운명적인 사건"을 예감하며, 사정없이 쿵쿵거리는 자신의 심장 소리를 듣는다. 이것을 구원의 예감이라 부르지 않을 도리가 있을까.

새장 속의 십자매나 잉꼬를 키우며 자연과 호흡하는 양 흡족해 하는 일이란 현대인들의 흔한 추억일진대, 야생의 매를 직접 손으로 먹이고 재우며 키워보는 일이란 얼마나 특별한가. 매를 길들여 사냥에 나서는 매잡이에게조차 둥지를 잃은 아기 새에게 오롯이 바쳐지는 이러한 인내의 세월은 허락되지 않을 것이다. 게다가 소설 속 소년이 아무 대가도 목적도 없이 순전한 사랑으로 살려내고 떠나보낸 '수진이'의 힘찬 비상의 순간은, 인간에 의해 짐승 사냥이라는 목적에 맞게 길들여진 매의 운명과는 비할 바가 못 되는 일이다. 이것은 굳이 하이데거를 빌리지 않더라도 존재 그 자체의 근원에 대한 물음과 생명의 신성함을 온몸으로 감지할 수 있는 자만의 시간이다.

성장의 문법 너머, 시인 됨의 운명

이 소설에는 소년을 둘러싼 가족들을 비롯한 여러 인물들이 등장하지만 소년의 성장을 돕거나 다른 경지로 이끄는 뚜렷한 조력자나 인도자가 존재하지 않는다. 말하자면 황석영의 단편소설 「아우를 위하여」에 등장하는 여선생님이라든지, 『죽은 시인의 사회』의 키팅 선생님과 같이 세상을 올곧게 살아가는 데 등불이 되어주고 어린 마음을 품어줄 사표와 같은 존재가 없는 것이다. 대신 그 자리를 꽉 메우고 있는 것은 구체적인 자연의 형상들이며 그로부터 촉발된 상상력이다. 만약 그 비슷한 존재가 있다면 '말을 알아듣는 꾀꼬리'의 비밀로 인도해준 형이나 온통 미스터리투성이인 월남 용사 정도일 것이다. 이 두 인물의 공통점은 소년에게 '눈에 보이지 않는 다른 세계'가 있을 수 있음을 감지하게 해주었다는 점에 있다.

눈에 보이지는 않지만 느낄 수 있는, 그리고 상상하며 감지할 수 있는 세계. 이 소설은 선연한 헛것을 향해 나아가는 정신과 육체의 약동의 순간들을 "얼굴을 할퀴고 지나갈 갈마바람의 날카로운 지느러미"와 같은 감각적인 문장으로 포착하는 한편, 어떤 정체성도 부여받지 못한 채 떠도는 '월남 용사'의 끝나지 않는 달음박질을 종종 환기하는 방식으로 보여주고 있다. 소년은 '모래 폭풍을 일으키며, 지축을 울리는 발굽소리로 대지를 흔드는' 야생 염소 떼를 통해 존재하나 보이지 않는 날것 그대로의 야성을 감지하며, 그 염소의 무리를 넋을 잃고 찾아 헤매는 '영혼의 힘'을 월남 용사를 통해 배우게 된다. 마치 '나를 키운 건 팔 할이 바람'이라는 시구처럼 소년을 키운 것은 어느 한 철 바람처럼 곁에 머물다가 멀리 떠나버린 붉은배새매와의 오롯한 한 시절이며 국사봉 너머 호숫가에 있다는 별똥 무덤의 풍문이다. 소년은 굴참나무 숲, 딸기나무 숲, 교목 숲, 삼나무 숲, 은사시나무들의 숲, 관목 숲을 차례로 지나 여섯 개의 봉우리를 넘고 다다른 국사봉 꼭대기에서 스스로 매가 되어 세상을 내려다본다. 다시 하이데거를 빌려 시인이 '존재의 소리에 귀 기울이고 이를 순수하게 말하는 자', '시작(詩作)을 통해 존재를 간직하고 돌보며 이 땅에 거주하게 하는 자'라고 한다면, 이 매-소년이 시인이 되지 않고 배길 재간이 있을 것인가. 『붉은배새매의 계절』은 단지 잃어버린 옛 시절에 대한 회고담으로만 그치지 않는다. 우리가 장차 잃어버리지 말아야 할, 시인의 마음으로 추구해야 할 가치와 꿈에 대한 이야기이다. 이 작품이 아니었다면 이 세상에서 붉은배새매라는 이름의 새가 우리와 함께 살아 숨 쉬고 있었다는 사실을 영영 모를 뻔했다.

金眉志 | 단국대 교수, 문학평론가

인간과 자연의 소통에 대한 소중한 증언

우선은 유년 시절에 대한 회상이고 아름다웠던 날들에 대한 기록입니다. 누구에게나 유년 체험은 보랏빛으로 아슴하고 그립게 마련이지요.

김옥성 작가는 자신의 유년 체험을 통해 인간과 자연이 어떻게 교감하고 소통했던가를 실감 있는 증언으로 확인시켜줍니다. 그의 성장 소설은 오늘날 우리에게 자연과 끊어진 다리를 어떻게 복원해줄 것이며 자연과 어떻게 조화를 이루며 살아야 할 것인가에 대한 암묵적인 지혜를 줍니다.

어른이 읽으면 잃어버린 낙토를 회복할 좋은 기회가 될 것이고, 어린 영혼이 읽으면 미래의 삶에 대한 안내가 되어 줄 것으로 믿어집니다.

— 나태주 | 시인, 『풀꽃』의 저자

단숨에 읽어낸 시골 소년의 숲속 모험

시골집 대청마루에 엎드려 숙제를 하던 소년은 새의 소리에 홀려 숲으로 들어가고 그들의 말소리를 알아들으며 친구가 된다. 조류학자가 되기로 결심한 소년은 관찰차 20여 미터 높이의 꾀꼬리 둥지에 올라갔다가 그만 몇 단계에 걸친 아찔한 추락의 경험을 한다. 열 번째 가지에는 이마를 찧고, 일곱 번째 가지에는 갈비뼈를 들이받고…… 계속 떨어지던 그는 두 번째 가지에 허리가 걸려 가까스로 살아남는다. 그 대목을 읽을 때의 스릴과 가슴 떨림이란. 추락 사고에도 불구, 그는 붉은배새매의 둥지에서 부상당한 아기 매를 구조해 집에서 키우며 비행 연습을 시킨다. 가슴에 아직도 산골 다람쥐가 뛰어 노는 작가는 아스팔트 위에서 자란 도시민에게 잃어버린 자연의 세계를 축복처럼 고스란히 들려준다.

— 박찬순 | 소설가, 『발해풍의 정원』 저자

서로를 보살피고 배려했던 소년과 새

어린이가 크는이를 거쳐 어른이 되는 데에는 가족을 비롯한 공동체의 보살핌이 필요하다. 나아가 여러 유정물을 비롯하여 무정물까지 포함하는 '전 우주적' 보살핌도 필요하다. 보살핌은 수동적으로 돌봄을 받는 것만을 뜻하지 않는다. 어린이와 크는이는 주변의 모든 어른들에게서 '알고도 속고 모르고도 속는' 배려를 받기 원한다. 그러나 어른들은 자신도 한때 어린이나 크는이였다는 사실을 잊고 처음부터 어른인 줄 안다. 이는 개구리가 올챙이 시절 까먹는 것과 뭐가 다르랴.

보살핌은 배려이다.

『붉은배새매의 계절』은 어른이 된 '나'의 성장담이다. 그가 어른으로 성장하는 데에는 붉은배새매의 보살핌이 크다고 여겨진다. 얼핏 보면 '나'가 새를 보살핀 것 같지만 기실은 매가 '나'를 보살폈다. 매를 돌보면서 '나'가 성장했기 때문이다. 달리 말하면 매가 '나'를 배려했다 싶다!

— 박상률 | 청소년문학가, 『봄바람』의 저자

푸른사상 소설선